All about Love 24

王子不戀愛

by 袁晞

My Lovely Prince

楔子

「對不起。」她說。

「為什麼說對不起？」

她用手背拭去眼淚，原本美好精緻的妝容模糊成一片混濁的顏色，「因為我背叛了你。」

「——他愛妳嗎？」

她搖頭，但我不懂她想表達的是「不知道」，還是「不愛」。

「他知道妳的想法嗎？」我又問一次。

「……應該，不知道。」她使勁抹去臉上的淚水，「但不管他知不知道，我都沒辦法再這樣下去。」

「沒有其他可能？」被撕裂胸口的疼痛逐漸加強，有種鮮血或許已滲出的錯覺，我知道自己的聲音像是被大石壓過般扁澀，也許聽起來還有點恐怖，「如果妳離開他身邊一陣子，會不會比較好？」

「我試過了。」她口氣變得森冷，「你以為我沒有努力過嗎？你以為我毫不考處就輕易拋棄我們之間的一切嗎？」

「慧彬……」

我想說些什麼挽回的話，一時間各種想法衝上心頭，然而另一方面我也明白，慧彬已經下定決心。此刻我無法深究我和慧彬到底是哪裡出了問題，也或許她只是發現另一個人更令她著迷，而我，不是那個人。

我沒辦法跟你在一起，但想著他。

慧彬以極冷靜的聲音說道：「你知道我一向是個誠實的人，我所能給你的尊重就是，在我走向他之前，跟你分手。」

我不知道自己為何嘴角能浮起悲傷的笑，「如果，他推開妳呢？」

「也許，我會一個人躲在角落哭泣。」慧彬望著我，「但不會把你當作浮木。」

「……浮木。」從戀人，成為浮木。

日誌

◎月◎日　週六

後來慧彬走了。

不知道她走多久後，我才全身無力地癱坐在員工休息室的小沙發上。
很奇怪，我不是應該怨憤滿胸嗎？
可是現在的我卻滿腦子都是我跟慧彬在一起的美麗回憶。
回憶裡的慧彬跟現在不一樣，那時她的眼中只有我而已。
但現在她的眼中只有他。
我抱著自己的肩，全身使力。
一定要用力才行。
可是其實，讓眼淚掉下來也沒關係吧？

「咖啡店？」我一面關上螢幕，一面轉過椅子看著智妍。

「嗯，就在咖啡巷那裡，離妳家很近啊。」

「這樣講我也不知道啊，咖啡巷耶，整～條巷子裡大大小小至少有十家咖啡店吧。」

「也是啦。我說的是最近超有人氣還拒絕接受採訪的那家『CappuLungo』，這樣妳就知道了吧？」

「還是不知道。」

「有養店貓的啊！養了三隻臉很扁的店貓那家，我們明明就去過。」

「啊！店裡很乾淨，有露台還有加菲貓，而且老闆臉超臭的那家是嗎？」

「對對！就是那家！喂，妳竟然嫌老闆臉臭，太過分了吧，完全沒有少女心的傢伙……」

一說到貓就想起來了。

雖然咖啡巷裡貓咖啡不少，但是不畏人言，膽敢養純種貓的店家卻只有那裡。

CappuLungo去除掉人長得很帥但表情比貓便便還臭的老闆（或是店長？）以及老闆粉絲團三不五時就聚集在角落討論老闆怎麼這麼酷（明明就是表情怎麼這麼臭）之外，算是一家滿不錯的咖啡店。店貓們都很可愛，店員客氣，音樂的音量適中，整體品味也很OK，至於咖啡——抱歉，我對咖啡真的是一點鑑別力都沒有。

「所以說，妳想去那裡打工？」

「不是我，是妳。」智妍嘿嘿一笑。也是，會計系的智妍課業繁重，打工和社團時間都少得可憐。

「為什麼是我？！」

「看看這個！妳不是想賺錢嗎？」智妍把傳單放在床上的同時還用力一拍，「怎樣，時薪是不是超級高的啊？不但薪水高、店裡有貓咪可以玩、免費咖啡喝到飽，還可以跟超帥氣店長近水樓台，這根本是超夢幻的打工吧？」

「如果真的這麼好，妳自己怎麼不去？」

智妍聳聳肩，「咖啡店打工太累了啦，我才不要一直洗杯子，手會變皺。而且等妳去了之後，我可以常去找妳，順便玩貓看帥哥。」

「好在不是玩帥哥看貓。」我看了眼傳單，「而且，妳的手怕變皺，難道我的手就沒差嗎？」
「哈哈小心眼耶妳。」
「話說回來……這張單子貼很久了吧？都快褪色了。」
「不知道，大概是。怎麼了？」
「如果真像妳說的，那，這麼夢幻的工作怎麼會沒人要做呢？應該早就破百人去排隊應徵了，為什麼還是沒徵到人呢？而且就咖啡店來說，這個時薪給得未免太高了，其中一定有詐。」
智妍瞪大眼睛看著我，接著伸手拍拍我的肩膀，「果然啊。」
「果然什麼？」
「果然從小看什麼江戶川次郎作品長大的人就是不一樣啊。」
「……是江戶川亂步和赤川次郎，不要混為一談！」
智妍跳下床，走向小冰箱，一面拿出我的水蜜桃汽水，一面說道，「哎呀什麼赤川柯南根本不是重點啦，看看現實，現實才重要，不是嗎？妳不是想存錢以後做自己的設計品牌嗎？一般打工只夠應付生活費，哪能存到錢；這個打工就目前來說是非常好的選擇呢。」

最好是赤川柯南！是赤川次郎啦！「話是這樣說沒錯，但也可能很難被錄取。光是想到那個臭臉老闆就覺得他有嚴重虐待員工的傾向。說不定這就是用高薪也請不到員工的主因！」

「妳是說我們的王子殿下嗎？」

「王、子？」快吐了我。

「BBS 上大家對老闆的暱稱啊，他好像叫楊什麼軒，暱稱『王子殿下』。」

「臭臉老闆竟然還能在 BBS 上被討論，真是沒天理。」

「我們王子殿下在表特板可有人氣的呢。」

「分明一臉性格缺陷。」

「妳也太有偏見了吧。」智妍哈哈大笑。

□

CappuLungo 在學校後方被稱為「咖啡巷」的咖啡激戰區擁有不錯的人氣，是稍微架高的一樓，有寬敞的露台座位，原木色調的吧檯和桌椅加上明亮的北歐風裝瀟看起來相當討喜，以外表論確實是個不錯的打工地點。

但，這只是以外表論。

事實上，此刻的我雖然坐在涼爽的露台咖啡座，但卻有種坐立難安，焦躁不已的感覺。原因既簡單也挺單一的，就是來自於眼前的臭臉老闆。

人稱王子殿下（我看根本是地獄統治者）的臭臉老闆有著寬闊的肩膀和緊實的腰身，雖然穿著不起眼又樸素的白襯衫和深色窄管褲，但搭上常見的咖啡師圍裙後竟突顯出一股精緻魅力，豐厚的黑髮、濃眉鳳眼和線條滿分的側臉若能配上笑容，實在是難得的好貨。但可惜呀，可惜了這麼好看的長相，怎麼老是一副全世界都欠他錢的表情呢？

更討厭的是，這傢伙手上拿著我的履歷維持著同一個姿勢動也不動已經五分鐘了。

喂先生你是有閱讀障礙嗎？

上面也沒幾個字是需要看這麼久嗎？

真的看不懂就說，沒關係的我可以唸給你聽 OK？

看這麼久，不知道的人八成會以為我在上面寫了短篇小說哩……

「咳嗯，」臭臉老闆終於抬起頭，清了清喉嚨，「所以，妳叫崔瑩？」

不會吧你看了足足五分鐘只看完了第一行姓名嗎？！

「是，我是崔瑩。」快點拒絕這樣我就可以回家睡覺了謝謝。

但臭臉老闆並沒有讓我得償所望，而是往後一靠，「麻煩站起來。」

「啊？」

「我說站起來。」臭臉老闆已經很臭的臉上閃過一絲不耐煩。

「喔。」算了，站就站，早點站起來才方便等下拔腿就跑。

十秒之後，「好了，請坐。」

還要坐啊？真煩。

臭臉老闆再度把視線調回我的履歷，又陷入沉默。

你會不會也掙扎太久了？

不錄用我OK的，但這樣一句話都不說很奇怪你知道嗎？

難道我的履歷真的這麼難懂？

正當我在腦海裡激烈質詢時，臭臉老闆突然站起，我嚇了一跳，也趕忙起身，心想終於要說對不起妳不適合了嗎？

「跟我過來。」臭臉老闆講話異常簡短，連個「請」字都不說。臭臉老闆帶我繞過吧檯，來到吧檯後方一扇不顯眼的小拉門前，「裡面是倉庫，還有後門。」

「喔。」

「進去打開後門，把堆在後門階梯上的箱子都搬進來。」

「啊？」現在是面試體力還是已經錄用我了？

「快點。」

「喔。」

拉開小拉門之後可以見到大約兩坪大的儲物倉庫，燈光明亮，放眼所及十分整齊，在正對拉門的位置還有一扇不鏽鋼門，看來就是所謂的後門了。我走向後門，一面覺得自己幹嘛那麼聽話，一面還是乖乖地開鎖後推門出去。由於整間店是稍微架高的一樓，因此距離地面有三階的高度，在屋外三階樓梯旁，放著三大箱印有咖啡豆圖案的紙箱。

這時，臭臉老闆的聲音從我背後傳來，「把那些都搬進來。」

你是不是男人啊？竟然讓第一次來面試的女生搬這些……叉叉你個圈圈。

「哇，好重。」這一箱應該有十幾二十公斤吧，幸好蹲得很穩，不然鐵定閃到腰。

「動作快一點。」地獄的統治者又下令了。

讓我想想，有句話可以形容，什麼面什麼心的……對，人面獸心。

經過氣喘吁吁的幾分鐘之後，我終於把三大箱不明物體搬進倉庫，人面獸心的地獄統治者好整以暇地瞄了眼，說出了一句讓我不揍他也難的話：

「要順手排整齊啊。」

「──我說，這也是面試的一部分嗎？」我扶著腰站直，心想乾脆我自己認賠殺出好了。

「那當然。快點，要排整齊，進貨的紙箱角度要剛好對準這條線。」臭臉地獄統治者指著地板上拼木地板的縫隙，「這裡！」

你根本是有強迫症吧？

不知道為什麼，大概是覺得反正已經做到這種程度、再做一點也一樣之類的，我忍住了打爆地獄統治者的衝動，把紙箱按他吩咐的仔細排好。當然，在排的同時也解開了為什麼這家店時薪會那麼高的原因：邪惡的地獄統治者加上辛苦的工作加上無理的要求，是人都不想做。

「──這樣可以了吧。」虧我特別穿了一件燙過的上衣來面試，早知道會當搬運工，我就直接穿運動T恤來了可惡。
「妳明天就來上班吧。」地獄的統治者面無表情的拋出這句話，「早上八點。」
「等、等一下——」
什麼?為什麼要錄取我?我不想一輩子當搬運工啊!最好文藝氣質系女大生（?）適合當搬運工啦!
「還有什麼問題嗎?」臭臉老闆轉身看向我，眼神冷若冰霜。
「我、我想確認一下……工作內容到底有哪些。如果都是搬運重物的話，我可能沒辦法……」
「妳在說什麼呀，這裡可是咖啡店，又不是搬家公司。」人面獸心兼臭臉地獄統治者以一臉「妳是白痴嗎」的表情說道，「我還有事要忙，等一下會有副店長來帶妳。就這樣。」
「啊、啊?」
臭臉統治者就這樣離開了倉庫，把無辜無助又柔弱（?）的我丟在原地。
天哪這人怎麼可以這麼機車!
就在我痛下決心打算要衝出倉庫奪回履歷並且說清楚我不幹了的同時，一道人影咻地閃進了倉庫。

「妳好啊！」

宛如韓劇中走出的花美男，眼前這個高挑的男生有張不輸給地獄統治者的俏臉，但和萬惡的地獄統治者散發出的冰山風格完全不同，給人一種溫柔和善的感覺。如果說臭臉老闆是地獄統治者，那麼這位帶著笑容跟我打招呼的男生根本就是有光圈的天使了！

「你、你好……」哎呀口水……幸好沒有流下來。

「妳好，我是這裡的副店，我姓顧，顧友嵐，朋友的友，山嵐的嵐。妳叫崔瑩是吧？聽說妳明天就開始上班了？」

「呃、呃嗯……」哇他他他笑得好可愛！

顧友嵐揮揮手上的紙，是我的履歷，「學妹，歡迎妳喔。」

「學……學妹？」

「我跟沛軒店長都是妳學長喔，不過已經畢業三四年了。」友嵐副店走近我，依舊帶著笑，「嗯，看妳的履歷好像之前都沒有這方面的打工經驗，不過沒關係，工作內容不會很複雜，一定很快就能上手。」

「這樣啊……我有點擔心呢。」他應該沒注意到我剛剛花痴般的表情吧？

「不用擔心啦，主要的工作內容其實很容易，就是收收杯盤、洗洗杯子、整理桌面和座位這樣，基本上也不用煮咖啡，煮咖啡是我和店長的事。」

「那個，我有個問題想請教……」我說道，「如果工作真的那麼輕鬆，為什麼都沒人來應徵呢？我看招募廣告好像貼很久了。」

友嵐副店聞言大笑，人帥真好，大笑也好看。

「這個嘛，就老實告訴妳好了——其實很多人來應徵，但都做不到三天就走了。」

「為什麼？店裡鬧鬼嗎？」

「哈哈哈，學妹妳真有趣！不是鬧鬼，是……」他突然降低音量，「大家受不了店長，太龜毛了。」

「我就說嘛！果然是地獄的統治者……」糟了就這樣脫口而出！

友嵐副店一怔，隨即哈哈大笑，「妳太有趣了，學妹。」

「千萬不可以去打小報告……」不過，若是被知道了，我反而可以順利脫身、不用在這裡工作吧？

「呵呵，龜毛只是他的外在，其實我們店長只是完美主義了點，他人很不錯的。」

最好是！

友嵐副店領頭走出倉庫，開始向我介紹店裡的環境和狀況，還有那三隻可愛的店貓——白色長毛波斯漢尼拔、白色異國短毛諾曼和艾力克斯。

「等、等等……」我一面輕撫著諾曼，一面忍不住問道：「這名字……該不會是那個……呃，店長……對，是店長取的名字嗎？」

友嵐副店露出驚訝的表情，「對，沒錯，妳怎麼知道？」

所以我就說他是地獄的統治者沒錯啊！

漢尼拔・萊克特，《沉默的羔羊》、諾曼・貝茲，《驚魂記》，按照這個邏輯，艾力克斯應該就是《發條橘子》裡的艾力克斯・迪拉吉。

AFI影史百大反派是吧？真好啊，果然是地獄統治者的喜好。

「我猜的。」我說。

友嵐副店微側著頭看我，似笑非笑，「妳一定能跟店長處得很好。」

我一點也不想跟臭臉地獄統治者相處，就算副店你用這麼帥氣的表情看我也一樣！

「介紹完了嗎？都交代好工作內容了嗎？」不知道何時，地獄統治者突然出現在我背後，差點沒把我嚇死。

「欽沛軒，崔瑩她很厲害耶，一聽完三隻貓的名字，馬上就問是不是你取的。」友嵐副店說道，「超有趣。」

無良的地獄統治者藉著身高優勢，從高處斜眼看向我，雙手抱胸，「喔，是嗎？」

「就，隨便問問。」

「妳知道這些名字代表什麼嗎？」友嵐副店問道。

「如果沒猜錯，應該是《沉默的羔羊》系列漢尼拔·萊克特，《驚魂記》系列諾曼·貝茲，還有庫柏利克《發條橘子》裡的艾力克斯·迪拉吉。」

就在我說完之後，一向臉臭到不行的地獄統治者，竟然勾起一抹輕笑，「We all go a little mad sometimes.」接著，轉身離去。

「啊？」友嵐副店看看地獄統治者的背影又看看我，「知道他在說什麼嗎？」

「知道是知道……」

那是諾曼·貝茲的著名台詞，**我們有時候都會有點瘋狂**。

這、這店長該不會白天賣咖啡，晚上變成殺人魔吧？好可怕！

「什麼？妳被錄取了？」智妍不可置信地看著我，「真的假的？」

「明天早上八點開始上班。」我把身體重心全堆在懷裡的熊抱枕上，「雖然說順利錄取了，但總有很強的不祥預感。」

「為什麼？」智妍一面拆開奶油酥條的包裝，一面問。

「因為地獄的統治者很可怕。」

「什麼地城守護者？」

「那是電動啦！我說的是，地獄的統治者！」

智妍把奶油酥條送入口中，用著含糊不明的聲音說道：「妳是說我們王子殿下嗎？他應該還好吧……」

「我有種會被他整死的預感。」這時，陽光小天使友嵐副店的笑容突然衝進我腦海，「不過……至少副店滿可愛的。」

「喔？副店嗎？」

「嗯、如果說妳那個冰山沉船是閻魔王，那副店應該就是陽光小天使吧。」

「還冰山沉船、閻魔王咧，妳也太搞笑了。可是副店有很帥嗎？我怎麼沒印象？」

「比較是帥氣親切陽光暖男型的，跟冰山沉船完全，不、一、樣。」

「是有必要這麼用力強調嗎？人家只是話少了點。」

我一定要導正智妍的視聽，「相信我，他真的是個變態，他用驚悚片裡的殺人魔來幫那三隻可愛的阿貓命名耶，超詭異的。」

「這叫有品味！」

「曹智妍妳病很重。」

智妍不理我，「欸，那，他們還有缺人嗎？我突然也想去應徵，好像很好玩。」

「目前沒有，但我想快了。」

「有人要離職嗎？」

「過兩天我可能就會落跑。」我嘆口氣，「到時妳再來送死吧。」

□

一到六點手機鬧鐘就乖乖響起，起床踏上地板的瞬間，臭臉地獄統治者兼閻魔兼冰山沉船那張比南極還冷的臉孔竄上我心頭。可惜了那張帥臉，那麼漂亮好看，身材也好，但怎麼就是一臉死人樣呢？

刷牙的時候我照著鏡子，雖然滿口泡沫但還是努力微笑。想那麼多也沒用，不如換個方向想，如果能順利待下去，那麼一下就能賺到不少錢了呢。對於以後想要開間迷你小店的我來說，開店資金就靠它了！

不管是地獄魔王還是恐怖的撒旦，就把他視為我創業之路上的挑戰吧。如果連恐怖的地獄統治者都能搞定，相信我以後開店不管遇到任何奧客都不會怕了！

懷抱著這種心情，換上輕便的服裝後，我抱著上戰場的心情踏出了家門。

CappuLungo離我這學期住的地方其實非常近，就在斜對角的巷口轉角，這種距離如果還遲到，也未免太誇張。大約七點左右下樓的我，在七點零一分就到了店門前，本以為未必會有人開門，沒想到已經看見一個模糊的身影拿著掃把在打掃露台。男人彎著腰、背對著我，看不見臉，如果是友嵐副店就好了，他的笑容真的好可愛，好迷人。

然而世事總是難料，人生總是不如意，正當我心想著這個男生的身材很好、完全是長腿歐巴時，他突然站直了身體並猛然轉身。

「看夠了沒？」

「呃！」不行，既來之則安之，「……店長早。」

萬惡的俊俏閻魔帥氣地看了眼錶，接著用讓周圍溫度驟降的口氣說道：「就算妳提早來也沒有早餐可以吃。」

我又不是來騙早餐的！

人家明明就是因為第一天上班想早點來熟悉環境、先跟其他同事打招呼、了解一些店裡的細項規定而已啊圈圈你個叉叉。

「……站在那裡幹嘛？既然來了就去把露台的桌椅搬出來。」

什麼？結果又要搬東西？！

奇怪你看不出我是文藝氣質女大生（誤）嗎？

為什麼老是讓我做這種男生的工作啊？

「還不快點。」無良地獄統治者完全不理會我的無聲抗議，只是又重複了一次。

「……喔。」忍耐！創業基金──為了創業基金我要忍耐！

露台的桌椅並不是折疊式的，因此一點也不輕巧，我站在桌椅組旁觀察了幾秒，決定不要勉強自己，一次搬個一張椅子就好。

正當我搬到第三張椅子時，無良邪惡討人厭的閻魔王忽然大喊了一聲，「喂！妳！椅子要對齊記號，懂嗎？」

「啊？」

冰山沉船兼無良地獄統治者用腳尖點了點木質露台上極不明顯的深色記號，「這裡！記得，要排整齊，知道嗎？」

「喔。」

這麼不明顯誰知道那是記號啊？

真的很囉哩叭嗦。

而且講話的語氣就不能溫柔一點、客氣一點嗎？

竟然在露台上畫記號，連昨天搬的紙箱都要靠著線對齊，這人真的是有夠變態耶。好不容易搬完八張椅子，我已經熱得滿頭大汗，明明就快秋天了但怎麼覺得比暑假還熱。

正當我決定先去洗手間洗把臉時，地獄統治者兼冰山沉船兼閻魔大王忽然又叫住我。

「妳，是崔瑩對吧？」

啊你昨天看了那麼久的履歷難道還是沒記住我的名字嗎？

「嗯。」我一邊用手背抹去汗水，一邊努力忍住翻白眼的衝動。

「名字很有氣質。」說完，他竟然拿起掃把和畚箕轉身就走！

什麼？！你說什麼？！

名字很有氣質？

那怎樣，你的意思是本姑娘只有名字很有氣質但人卻沒有嗎？

你別走啊站住！快給我說清楚！

「還愣著做什麼？快點搬啊，已經七點半了。」

從吧檯後方傳來邪惡無良地獄統治者的命令，把我從內心的髒話浪潮中拖回現實，雖然這時應該要大哭跑走比較像美少女，但我卻有種「我就跟你拚了」的必死決心，憤怒轉化成爆發力，讓我瞬間拉動沉重的戶外圓桌，兩三下就把所有東西都搬完。

「天哪，都搬好了？」正當我用盡全力後突感虛脫時，溫柔親切的聲音在我身後響起，「學妹，妳不是八點才上班嗎？」

是友嵐副店！

「副店早。我、我想第一天上班，應該早點來看看，也跟其他同事熟悉一下，所以七點就來了。」雖然我很努力想裝出清新可愛小少女風格，但此刻的我根本就像個搬家苦力，既不清新也不可愛更不少女！

友嵐副店揚起非常動人的笑容，簡直就像早春能融化冰雪的陽光般，他對我比比手勢，說道：「辛苦妳了，妳等我一下！」

「嗯？」

友嵐副店轉身跑進店裡，不一會兒又衝出來，手上已經多了一條乾淨的白毛巾，「我倒了些冰水在毛巾上，給妳。」

「謝謝，不好意思！」嗚嗚雖然真心覺得友嵐副店就像天使一樣，但為什麼老天這樣捉弄我，要讓他看見我滿身大汗的狼狽樣子呢？可惡！

「你來了。」跟友嵐副店相比之下完全是無良惡魔的某人走了過來，一面和友嵐副店打招呼，一面用銳利的雙目巡過我擺放的桌椅，接著轉頭瞄了我一眼，「快去洗臉，看妳這樣像個女孩子嗎？」

哇哩咧是誰讓我變成這副德性的！

你竟然好意思說這種話！

我要是不找一天蓋你布袋我就把崔瑩兩個字倒過來寫！

□

日誌

◎月◎日　週三

來客數、單日營收沒有太大變化。

倉庫拉門略卡，待修或上油。

是否要和清潔公司簽約仍未決定，待週六晚上會議後決定。

新進店員一名，孔武有力，工作還算勤快，只是看起來不像女大生，比較像大嬸，如果以點心來說的話就像是既白又膨的大福。

新來的大福傻妞竟然知道艾力克斯·迪拉吉，沒想像中蠢。

P.S. 週五二哥要來。

02

玻璃門上的小風鈴發出不太吵人的輕響。

萬惡的地獄統治者和友嵐副店正在後面談論咖啡豆的進貨事宜，由於是客人不多的午後，前台就暫時由我負責。當然，以我目前的「身分地位」，還不能煮咖啡（冰山沉船根本碰都不讓我碰咖啡機），因此當有客人要點咖啡時，我還是得請副店或店長過來；如果只要買點心或咖啡豆，我來負責就可以了。

「歡迎光臨。」聽著風鈴聲，我放下準備到一半的烤盤，迅速站到櫃檯前，沒想到一抬眼就立刻呆住。

眼前是位GQ雜誌封面模特兒般的帥哥，高雅時尚的西服、搭配得恰到好處的袖釦、領帶和皮帶，微帶陰柔的臉龐以一雙陽剛的濃眉平衡，深邃的雙眸像是隨時欲言又止——好、好好看的男人——

「妳好，請問你們店長在嗎？我和他有約。」超帥西裝男帶著微笑問我。

我呆了幾秒，才用力點頭，「請稍等，我請店長過來。」雖然在說話，但內心卻充滿了激動與驚嘆，怎麼會有人這麼帥、這麼好看？！而且還很會穿搭！

「麻煩妳了。」

「不會。」

天哪只是跟他講一句話我就臉紅了，這完全就是偶像等級嘛！我連忙衝向倉庫，用力拉開門，根本沒注意到裡面有沒有人，總之大叫了一聲「店長有訪客」之後就迅速奔回前台。

本來想多看超帥西裝男幾眼，但邪惡的閻魔王竟然光速般出現，面無表情地站在我身邊，朝著西裝男問道：「要喝什麼？」

「來杯拿手的吧。」西裝男帶著笑意答道，看來兩人很熟的樣子。

「杯杯都拿手。」

「那來杯不拿手的吧。」

「沒那種東西！」兇狠閻魔露出不耐煩的表情，「好了啦你去那邊坐。」

你怎麼可以對這種史上難得一見的超級帥哥這麼冷淡這麼兇？！

靠著收銀機手足無措的我內心激動地大喊著，但是文靜氣質（？）如我，表面上看起來還是一名專業的店員。嗯，我果然很優秀。

「如果有客人點咖啡，妳就請友嵐副店處理，知道嗎？」冰山沉船從冰箱裡拿了兩瓶礦泉水，正要離開前台、走向西裝男時，忽然又回頭冷冷補一句，「沒事快把手沖壺洗乾淨！」

「喔。」

討厭，囉哩叭嗦。

這麼養眼的帥哥，人家想要再多看幾眼啊啊啊！

「咦，在軒哥來了！」友嵐副店一面走至我身後，一面用毛巾擦著手。

「副店你說剛剛那位嗎？你也認識？」

友嵐副店點點頭，「嗯，店長的哥哥。」

「親、親哥哥嗎？」

「對呀，店長的二哥。不覺得其實身材和臉型都滿像的嗎？」

「這……」除了都很高之外，一個會笑，一個死人臉，一點都不像！

「我過去打個招呼，有客人點咖啡再叫我。」

「喔，好。」

我站在櫃檯後，使勁想往GQ模特兒、不、楊家二哥的方向看，但卻被柱子擋住了視線。請相信我之所以如此激動絕對不是因為性好漁色，這完全是因為身為一位有志成為設計師的文藝氣質（？）女大生，在偶然發現賞心悅目的人事物時的必然反應，真的。

帥到爆表的楊家二哥坐在窗邊的深藍色沙發上，修長的腿輕輕蹺起，什麼都不必做就像極了名牌服飾的大型海報。如果以後我真能有自己的品牌，一定要請他來走秀才可以啊。

「——咳嗯，麻煩妳，我要一杯冰摩卡可可。」

不知何時櫃檯前來了客人，我立刻回神，掛上營業用笑容，「您好，外帶還是內用？」

「我要內用。」戴著厚重眼鏡、頸上掛著潮牌耳罩式耳機，穿著灰色素面T恤的男同學一面推了推眼鏡，一面說道：「還要一個英式馬芬。」

「好的，一杯冰摩卡可可，一個英式馬芬，總共是一百七十元，這裡先為您買單！」

楊家二哥並沒有在店裡待很久，好像只是有事短暫來訪，不到三十分鐘就離開了。看著他連離去都帥到掉渣的背影，忽然開始好奇楊家血統到底是怎麼一回事。

雖然我真的很受不了無良臭臉冷冰冰的地獄統治者，但若單純以我專業的審美眼光來看，他確實擁有一張很棒的臉，而楊家二哥更不用說，豈是一個「帥」字了得，這讓我不禁很想看看，地獄統治者的爹娘到底長什麼樣子。

「喂！妳！」正當我胡思亂想時，邪惡但很帥的地獄統治者雙手抱胸站在不遠處瞪著我，「過來。」

「……」不情願地移動腳步，同時在心裡痛罵著：你可以再沒禮貌一點啊臭男人。

帥氣的地獄統治者用下頦比比展示櫃，「這裡的品項背熟了沒？」

「背？沒有啊，原來要背嗎？」展示櫃大約一八〇公分寬，上面擺滿了各種咖啡豆和器材。

地獄統治者冷冷地說道：「給妳十分鐘背熟，我等下來驗收。」

「等、等一下……這些……這些都要背熟？！豆子和器材都要？」

「上面展示的所有商品，還有價格。十分鐘。」語罷，令人怨恨的冰山沉船頭也不回地轉身離去。

留下還沒來得及反應的我，就這樣呆呆站在原地。

「怎麼了？」剛好友嵐副店路過，看到我傻傻釘在原地不動，於是便問道，「妳怎麼了？」

「……地，不，店長，他要我在十分鐘內背完展示櫃裡的所有品項和價錢。」

友嵐副店苦笑，「又來了。已經好幾個工讀生死在這關了。」

「……突然覺得我不要背比較好。」

「什麼意思？」

我自暴自棄地說道：「早點被趕出去也就算了，哪來這麼多考驗啊。」

友嵐副店雙手輕輕握住我的肩，溫柔地說道：「別這麼沒信心，我相信妳可以。」

啊啊，這溫暖的笑容……

這雙手的溫度……

好迷人啊……

「可是，」我看看展示櫃，嘆了口氣，「我腦筋不好嘛。」

「記東西是有訣竅的。來，我教妳記。首先最重要、客人詢問度最高的是豆子，仔細看就會發現，我們家豆子的擺放位置是按價格排序的……」

「你好！」友嵐副店講解到一半，熟悉的女聲忽地從我們後方傳來，「嗨，小瑩妳在忙嗎？我來看妳了呵呵。」是智妍。

「啊，怎麼沒先說一聲，」我有點尷尬，低聲說，「我等下有測驗。」

「妳朋友嗎？既然來了，就喝杯東西再走吧。」友嵐副店朝著智妍一笑，「本店招待，不用客氣喔。」

「不用了，這怎麼好意思。」智妍害羞一笑。

「對了，我來介紹，這位是我們友嵐副店，這是我朋友曹智妍。」

「你好。」智妍開心地伸出手和友嵐副店一握，「原來你就是傳說中的天使副店！真的耶，完全是暖男 style，跟冰山店長完全不一樣。」

呃曹智妍妳這笨蛋，私下說的話妳竟然當面講出來，是想要我死嗎？

友嵐副店聞言哈哈大笑，「暖男 style 嗎？學妹妳這樣說嗎？」

「對呀，」智妍替我回答，「暖男、天使副店，還有，店長則是無良的地獄統治者。」

好吧我真的不用背品項了，反正等一下就會被掃地出門。

友嵐副店笑得更開懷了，向我說道：「謝謝，我都不知道我有這麼好的評價。」

「呃呵呵呵。」我只能乾笑。

「在幹什麼？全都背完了是嗎？」雙手抱胸的恐怖大獨裁者出現了，他那低沉的聲音讓空氣瞬間為之凍結。

我注意到智妍見到大獨裁者時眼睛霎時一亮，臉頰緋紅，完全是小女生見到偶像明星的表情，不禁在心裡嘆口氣。

「你、你好……我叫曹智妍，小瑩的朋友，剛好路過就來看看她……」智妍突然有點結巴，聲音也壓得極小，整個人扭捏起來。

大獨裁者沒理智妍，只是冷冷盯著我，「大福小姐，妳不知道現在是上班時間嗎？有朋友來打完招呼就應該繼續做事才對吧？」

「欽沛軒別這樣。」友嵐副店伸手拉了萬惡的兇狠獨裁者一下。

我是無所謂，但我有點擔心智妍被嚇到，沒想到這個笨蛋竟然露出一臉「哇好酷好 Man 好冷硬」的崇拜表情……算了擔心妳是我太蠢。

不過——

「等、等一下！」我忍不住叫出來，「什麼大福？！你說誰是大福？！」

天哪太可怕了……

就在我失去自制終於對臭獨裁者大吼的下一秒，他露出了一抹來自地獄、令人不寒而慄毛骨悚然的恐怖笑容——「當然是妳。」

□

什麼？！大福？！

大福不就是胖胖的麻糬嗎？！

說文藝氣質（？）女大生是胖麻糬，你會不會太過分了一點啊！氣死我了！何況還當著智妍和友嵐副店的面，竟然就這樣直截了當脫口而出——

可惡氣死我了，怎麼會有這種人啊？

愈想愈生氣，日記寫到一半我不禁摔筆。

今天下午後來是智妍把我拉到旁邊去，然後友嵐副店也勸阻臭獨裁者別再說了，不然我早衝上去踢他兩腳；仗著自己是老闆就可以這樣欺負人嗎？也太惡毒了吧，說我是大福、麻糬是嗎？最後還拋下一句：

——不叫妳『大福』，難道叫妳本名嗎？本名那麼有氣質，跟妳不搭啊。

為什麼？！我為什麼沒有當場毆飛他？太後悔了啊可惡。

仔細想想我現在根本不是為了五斗米折腰，而是折壽啊！

再這樣暴怒下去，我一定會短命的。

就在這個瞬間我的眼前彷彿浮現了地獄統治者那抹令人產生殺人衝動的笑容——

我不明白，真的不明白，這個傢伙為什麼可以這麼惹人厭？在我二十年的生命裡，從來沒見過這麼擅長惹惱我的人，這陣子真的完全開了眼界啊。

而且、為什麼所有人都不覺得他有問題呢？

是我太奇怪了嗎？只有我一個神經敏感、反應過度嗎？

別人不說，天天跟他一起工作的友嵐副店怎麼能忍受得了啊？

實在是……

「來硬！」一聲，LINE有新訊息。

我滑開手機，沒想到是友嵐副店傳的。

——明天也是上早班吧？七點半在店門前見可以嗎？

——有什麼事嗎？

——哈，秘密，明天見啦。

——喔，好，明天見。

喔喔喔喔友嵐副店約我耶，雖然不知道是什麼事，但還滿令人高興的——不過，地獄統治者該不會也要去吧，可惡忘了先問一句；可是這個時候又問也很奇怪……算了算了，修煉修煉，這就是修煉啊！

□

日誌

◎月◎日　週五

倉庫拉門上油完畢。

客訂虹吸式塞風壺X2、多明尼加有機豆2磅。

清潔公司、點心供應商提前續約，一切順利。

大福傻妞挺能吃苦的，不容易，但好像見了帥哥就會不自覺傻笑，見到二哥的時候幾乎眼睛瞬間睜大了三倍。

又，不知為何一跟我對上眼又變死人臉？我這麼醜嗎？

今天不小心脫口而出叫她大福了，一生氣臉就瞬間膨起來，果然是大福沒錯，實在忍不住讓人想笑。

P.S. 二哥婚禮訂在聖誕節。

□

七點半時我準時到了店門前，友嵐副店已經在店前等我。當我正要開口打招呼時，他神速地比了「噓」的手勢，並要我繞過露台，往反方向走。我跟在友嵐副店身後，直到離開 CappuLungo 大約十公尺左右，友嵐副店才回頭微笑。

「哈，很神秘吧？」

我點點頭，沐浴在金色陽光下的副店真是帥到不行啊。

友嵐副店又說：「今天沛軒一定會又叫妳背展示櫃裡的所有品項，這個給妳。」

他從長褲口袋中掏出摺成掌心大小的紙，「有空就看這個背，專程幫妳做的喔。」

「真的嗎？謝謝！」接過「秘笈」時突然覺得很害羞。什麼嘛，又不是情書，只是小抄而已，我在心跳個什麼勁兒啊。

友嵐副店雙手插回口袋，「到目前為止妳做得很好喔，希望妳能繼續堅持下去。」

「的確是需要堅持才能做下去……」

「哈哈哈哈，別這樣嘛，沛軒其實不是壞人，他真的就是嚴格了點。」

「……取笑我是大福，這跟嚴格一點關係也沒有好嗎。」忍不住火氣又上來。

「大福，不好嗎？很受歡迎耶。」

「一點都不美少女！」糟了話一出口就後悔了，這樣副店會以為我有著異常強烈的少女心吧？

「所以，如果叫妳焦糖布丁、五彩馬卡龍、草莓舒芙蕾會比較好嗎？」

「……副店你真的很會舉例，確實都是些少女夢幻風的甜點。」我開始自暴自棄，「總之，大福聽起來就沒有情調。」

友嵐店長露出認真的表情，「這樣啊，好吧，我會替妳向店長陳情的。」

「倒也不用啦。」並不是因為我怕他，而是覺得講了也不會有用的，那個無良的傢伙，哼。

「妳不要放在心上，說真的很難得看到他有閒情逸致給人取綽號呢。認識他這麼久還是第一次。」

「你們認識很久了嗎？」

「大學四年都是同學，也同個社團，畢業之後還一起去義大利遊學。後來當完兵就一起開店到現在了。」

我往後退一步，「怎麼有種 BL 的感覺。」

友嵐副店果然人很好，只是大笑，「妳不是第一個這麼說的人。」

「看來是公認的啊。」我恍然大悟，「所以，店長很討厭女生，對吧？因為他是……」

友嵐副店連忙搖手否認，「我們都不是啦，真的。」

「沒關係的，我一向對同志友好。」我在心中默默地拍肩。

「我跟沛軒都交過女朋友好嗎？」

「但是後來不約而同發現，跟女生談戀愛還不如跟男生，對吧？」

「學妹妳——看不出來妳喜歡 BL 啊。」友嵐副店露出了無奈的表情。

玩笑好像也有點過頭了，於是我吐吐舌頭，「沒有啦，開玩笑的，副店你別介意。」

「呵，不會啦。好了，妳快進店吧，免得『地獄統治者』生氣。我是下午的班，還有事要先走了。」

「原來你是專程過來……這個秘笈，我會好好背熟的。」

「加油啊，別被惡勢力打倒了。」

「好，Bye！」

帶著友嵐副店給我的秘笈，我快步走向 CappuLungo，但連第一階樓梯都還沒踏上，就看見無良的地獄統治者站在露台上，一副君臨天下、睥睨眾生的表情。

「店長早。」我決定視若無睹。

「妳，跟我過來。」地獄統治者絲毫不打算理會我的意願，話一說完就轉身。

又是要我當苦力是吧？你到底是不是男人啊？這些應該男生來做才對吧？

雖然在心裡嘮叨著，可是不知道是不是我自己奴性太重，還真的乖乖聽話跟過去，唉，我這種行為根本就是在助長他的氣焰吧。

今天也很帥氣的邪惡地獄統治者走到了吧檯旁站定，伸手從他的工作圍裙口袋裡掏出一枚小小的名牌。

「這什麼？」

「看不出來這是識別名牌嗎？」

我接過附有別針的名牌，然後瞬間暴怒，「我不要！」

「這是命令。」

「這上面又不是我的名字！」可惡上面竟然寫著大大的「大福」兩個字！

萬惡的地獄統治者竟然輕輕勾起嘴角，拋出一抹極魅惑的笑，「妳，不就是大福嗎？」

我必須說，那樣的笑容如果是配上「可以請妳喝杯酒嗎」、「可以賞臉跳支舞嗎」、「能跟妳交換LINE嗎」、「有沒有興趣一起看部電影」，甚至「要不要找個地方……」可能我都會一時失心瘋答應，問題是，這死傢伙竟然配上的是——

妳，不就是大福嗎？

妳，不就是大福嗎？

妳，不就是大福嗎？

我是大福那你是什麼？水羊羹嗎？瘋子！

「——我良心的建議你這種笑容留著去夜店找一夜情的時候用。」實在忍不住回嗆一句。

地獄統治者瞬間變臉，笑容消失得無影無蹤，高高抬起臉，分明是想用稜線分明的側臉威嚇我，「什麼叫『去夜店找一夜情』？」

「就是字面上的意思，很難懂嗎？啊，也對，連一份履歷都要兩個小時才能看完的人可能理解力是差了點。」天哪我太有種了！

地獄統治者先是露出勃然大怒的樣子，隨後又立刻無縫轉換，換上萬分陰森的冷笑，「大福小姐還知道什麼是夜店，不容易啊，不過，這模樣和穿著大概一輩子也進不去吧。總之呢，記得把名牌掛好，知道嗎？」

「如果我堅持拒絕，你要開除我嗎？」再見了創業基金……

地獄統治者森冷的笑容消失，雙手抱胸，一臉不悅。

好、好可怕的目光——

「……當大福不好嗎？」地獄統治者忽然用憂鬱的語調問道，彷彿我拒絕的不是他愚蠢的嘲笑而是告白。

「難道店長你希望大家叫你拿破崙派還是草莓慕斯嗎？」我的戰鬥力不知為何

瞬間全消，弱弱地應了一句。

「——問題是，妳長得像甜點，我不像啊。」

「其實你是專程雇用我作為取笑對象的吧？」

「欸欸，等一下，我想到了，」地獄統治者忽然又笑了，這次好像很開心似的，「每天請妳吃大福，怎麼樣？」

我真的——忍不住直接翻白眼。「你到底在說什麼？」

「作為叫妳大福的代價，每天請妳吃大福，怎麼樣呢？」地獄統治者顯然對自己的提議感到萬分滿意，竟然直接大笑起來，「大福吃大福，太有意思了。」

「要是天天請吃龍蝦我就答應，無聊！」我把名牌重重放在櫃檯上，氣呼呼地轉身離去。

什麼嘛，整天大福大福的叫，現在還弄個名牌出來——

威脅不成，最後竟然還利誘……什麼叫大福吃大福？氣死我了。

真不愧是無良邪惡小氣討人厭的萬惡地獄統治者，這種無聊的惡趣味也只有他才會覺得好笑。

氣死我了。

「崔瑩！」

剛走出素描教室，就有人叫住我。

這聲音有點印象，也有點陌生，我抱著畫具回頭，只見本系系花孫嘉羽長髮翩翩，帶著清新脫俗又甜美的笑，宛如韓劇主角似的站在陽光下。

嗯、確實很閃閃動人，但不知道是因為我嫉妒心太強還是直覺過度強烈，同學三年來我一點都不喜歡她。總覺得孫嘉羽完全是那種很愛向男生撒嬌，作業報告圖稿全都靠想追她的男生完成、自己只要甜笑著向男生說聲謝謝就好，不必出一分力的類型。而且最後幫她做牛做馬的男生搞不好還完全約不到她，只能眼睜睜看著她搭上醫學院帥哥的跑車揚長而去——

好啦我承認我真的把她想得很糟。

更糟的是可能因為沒有男生為了追我而來獻殷勤，所以我才那麼不喜歡她（一整個悲哀）。

「喔，妳好。」我拉開笑容打了聲招呼。

「我看了選課結果，妳這學期有選『品牌企劃』和『文化創意產業與行銷』對不對？我也是喔，好像很少跟妳修同樣的課呢。」

「這樣啊，好巧。」

上學期「設計行銷」、「當代設計理論」和「書籍編輯設計」也和妳一起修啊，妳沒印象嗎？我在心裡碎碎唸。

「妳現在還有課嗎？要去打工了嗎？」孫嘉羽走向我，大概是想和我並肩而行。

「唔？打工？妳知道我有打工？」我明明沒跟同學提過，孫嘉羽應該不認識會計系的智妍才對——她是怎麼知道的呢？

孫嘉羽甜笑著點頭，那表情確實很討「男生」喜歡。「我有眼線嘛！呵呵開玩笑的，我上次路過 CappuLungo 的時候，看到妳在那裡的後門搬東西——我想，妳應該是在那裡打工沒錯吧？」

畫那麼粗一條誰看不出來妳有眼線——啊，不是啦，我在腦海裡講什麼冷笑話啊？真是的，現在重點不是眼線啦！

該死的地獄統治者！

完全就把我這文藝氣質（？）女大生當作苦力使喚，還施加精神暴力，全都是他的錯！這下好了，竟然被同學看到，我的形象啊！嗚嗚嗚。

「是在那裡打工沒錯……」唉，想到地獄的統治者就頭痛。

孫嘉羽語氣興奮，問道：「那我可以去找妳玩嗎？」

「找我玩？」我的工作時間妳來找我玩？小姐妳怪怪的。

「那間店很不錯，我之前去過幾次，滿喜歡的。」

我完全不知道孫嘉羽是想要飲料折扣還是另有打算，只覺得她的熱情讓我有種莫名的恐懼，於是用很中性的口吻說道：「隨時都歡迎，只是我不見得都在，畢竟不是全職工作。」

「這樣啊，如果妳不在就不好玩了。」

我是玩具嗎？

而且不要講得一副我跟妳很熟的樣子。

「本店店員都很親切的。」一邊說一邊在心裡 OS：除了地獄統治者！

孫嘉羽側著頭，想了想，「妳們店長都在店裡嗎？」

「幾乎吧……」偶爾也是會外出的，只有那些時候我才能獲得做人的尊嚴。

「這樣啊，那妳最近哪天有班？上午還下午的？」

雖然我記得很清楚，但卻不太想回答，「我的記事本放在家裡，要回家看一下。」

「喔，那妳今天下午或晚上有班嗎？」她的笑容依舊燦爛，但我卻感受不到任何善意與溫柔。

「今天我不用去。」

「哎呀，真可惜。那，明天我再問妳好了，先走囉，Bye！」

「再見。」

孫嘉羽踏著輕靈的腳步轉身，我站在原地發愣。

她到底要幹嘛？沒事突然跑來裝熟、還要去店裡找我玩？

而且又問地獄統治者在不在店裡——

莫非！我不禁抱緊畫具——

不會吧？難道連孫嘉羽也對地獄統治者有興趣嗎？

不至於吧！追她的人那麼多，不管是文學院法學院藝術學院理工學院醫學院還有校外的，沒有三百也有兩百五十個，難道她一個都看不上嗎？還是她終極無聊，想要挑戰特大號邪惡冰山？

唉，系花的境界像我這種人一輩子也不會懂。

說真的地獄統治者空有一張俏臉，個性差又機車挑剔，還喜歡亂取笑人，完全找不出他的優點，那些整天窩在店裡貢獻業績的親衛隊已經夠讓我不解的了，現在還多一個孫嘉羽……難道真的是我眼睛了看不出來他的好嗎？！

「是妳太嫩了！」智妍放下小說，抬頭盯著我，「孫嘉羽對我們王子殿下有興趣是當然的啊！跟帥哥交往的重點是走出去被大家羨慕，懂嗎？至於私下那些什麼溫柔啦體貼啦就再說了！」

「這麼說妳也是嗎？」智妍的前男友和前前男友都很帥氣。

智妍沒生氣，倒是露出認真的表情，「我不是很在意旁人羨慕與否，只是純粹很難忍受不符合我審美標準的人事物。」

「妳更極端。」我伸手戳她。

「哈哈哈不行嗎？雖然我走的是務實的會計路線，可是我的審美眼光就是很好，這也是沒辦法的事。」

「虧妳說得出口。」我看了眼面前的《清掃魔》，又道：「我這本看完了，想找地方吃飯。妳呢，妳看完沒？」

「還沒啦，我哪像妳看書跟吃泡麵一樣，兩三下就清潔溜溜。」智妍把書籤換到正在看的部分，闔上書，「反正還有半本，一時間也看不完，不然先去吃飯好了。」

我拿起智妍面前的愛情小說，好奇問道：「作者亮亮魚?誰啊?」

「新作家，才出了兩本書而已，這本是她第一本書。」

「這本在講什麼?」

「愛與青春與初戀，之類的。」

「真的假的?」

智妍狐疑，「妳是真的想知道還是無聊隨口問啊?」

「好奇啊。應該說看妳整個下午一邊看一邊偷笑，好像很有趣的樣子。」

「是喔，我自己都沒察覺。」智妍一邊整理包包，準備離開，一邊說道，「這本在講高中生就認識的一對男女，女生在高中時就跟男生告白了，但沒有結果。總之，曖昧了十年之後，兩個人終於有進一步的發展。」

「很一般的情節嘛，有那麼好笑嗎？」

「就還滿輕鬆的嘛，而且好像是真人真事，作者的姊姊跟未來姊夫什麼的。」

「竟然是真人真事……」

智妍突然露出了沉思的表情，說道：「不過，跟書裡那種悶騷的男主角比起來，我還是比較喜歡傲嬌系的男生──像是王子殿下。」

「拜託妳醒醒啊！」我差點想伸手大力搖晃智妍，這是什麼奇怪的結論啊！

「哈哈妳別擔心，有些人遠觀欣賞就好，我才沒你們系花那麼不怕死。對了，上次去你們店之後，我覺得那個副店確實很可愛，妳要不要下手啊？」

「妳說友嵐副店嗎？」

「嗯，挺陽光的，應該是妳喜歡的類型吧。」

我把小說塞進包包裡，拿起帳單，「曹智妍妳想太多了。」

智妍不置可否，從座位上站起，「大學三年都沒有男朋友，妳會不會太苦悶了點啊？」

「……加上高中，其實是六年……」好吧，我『從來』沒交過男朋友。

「不會吧妳最後一次談戀愛是國中還國小？」

「本人沒談過戀愛。」

「……對喔，妳好像很久很久以前講過……」

「沒談過戀愛又不會怎樣……」愈講愈不理直氣壯。

「也是。」智妍聳聳肩。

雖然智妍並沒有歧視的意味但我不禁暗自檢討了一下，這輩子暗戀的經驗很豐富，多少也有跟別人曖昧過，可是不知為何總是沒辦法進展到「我們交往吧」的階段，反而老是被別的女孩搶先……

「喂、喂！」智妍伸手在我面前揮舞。

「啊？」

「妳怎麼了？手機響了都沒聽見。」

「是喔、真的耶。」我連忙打開包包接起手機，「喂，我是崔瑩。」

是友嵐副店。

——妳晚上有空嗎？要不要一起吃飯？今天咖啡店要消毒，晚上不營業。

——我想去！不過我跟朋友在一起……就是上次來店裡玩的智妍。

——那要不要一起來？我跟熊本想去吃燒肉，人多OK的。

——我問一下，等我。

我按住話筒，問智妍，「友嵐副店問要不要一起去吃燒肉，要去嗎？」

智妍呆了一下，「我也去嗎？」

「還有另一位男生同事，妳不介意的話就一起來嘛。」

「我想想看……」智妍摸了一下馬尾後點頭，「好，我要去。」

「收到！」

——喂，副店，我跟智妍都會去，你們約哪？

——七點在炎之龍，到時見啦。

——沒問題，Bye！

掛上電話後我問智妍，「問妳喔，妳剛剛為什麼摸了一下頭髮才決定？」

「喔！」智妍吐舌，「因為如果頭髮還很乾淨就不想去吃燒肉啊，但是今天剛好該洗頭了，所以我就爽快決定啦。」

「超搞笑耶妳。」

「怎樣啦！」智妍扮了鬼臉後大笑。

我和智妍說說笑笑，開心地走進炎之龍，準備好大吃一頓，沒想到當服務生帶領我們走到座位時卻發現萬惡的地獄統治者竟然也在！

地獄統治者見到智妍和我時嘴角輕勾一秒，隨即又回復那張死人臉。

喔唷跟這種人一起吃飯怎麼能消化啊？

「妳們來了！快點坐吧！」友嵐副店熱情地招呼我們坐下，「長椅底下可以放包包喔。」

很不幸的這張桌是長椅式的六人座，三個男生那排由左到右坐著熊本、友嵐副店和地獄統治者，而智妍坐在友嵐副店和熊本對面，我不管怎麼選，都只能坐在無良的地獄統治者對面。

可惡，我決定死都不看他那邊。

我轉過頭，向智妍說道：「智妍妳還沒見過熊本吧？我們店裡的同事。」

「哈囉，你好，我叫曹智妍。」

「妳、妳好，我姓熊，叫熊本熙，大家都叫我熊本。」

熊本年紀應該跟我們差不多，但已經是CappuLungo的「三朝元老」了，熊本人如其名，圓圓滾滾，有張就連所有五官都是圓形的臉，再加上一副粗黑框眼鏡，看起來又老實又憨厚。

雖然熊本的外表不是帥哥，但他卻有個超火辣的showgirl女朋友小雪，熊本和小雪感情很好，三不五時小雪都會到店裡等熊本下班，或者偶爾幫忙，之後兩人一起手牽手回家，沿路上拚命放閃照耀大地這樣。據聞熊本和小雪之間有段可歌可泣的愛情故事，不過友嵐副店並沒有說清楚到底是多可歌可泣、為什麼可歌可泣就是了。

「先看菜單吧。」

友嵐副店把點菜單和筆遞給我和智妍，正當我看到了最愛的牛肋條，打算一次來個三份時，一股寒冰似的聲音清脆地響起——

「我看先點幾份麻糬給大福吃吧。」說完，他還得意一笑。

不，不要拉我，我不用炭盆砸死這臭男人我就一輩子改名叫崔大福！

「楊沛軒好了啦！」友嵐無奈地說道，「你就別再這樣叫崔瑩了。」

嗚嗚友嵐副店你太帥了，完全就是行俠仗義啊！

智妍的手在桌下緊緊拉住我，要我別暴走，她也向無良邪惡欠揍的地獄統治者說道：「就是嘛，哪有美少女想當大福的？」

地獄統治者挑眉，「美少女嗎？她嗎？」

「奇怪了，」我的聲音變得乾乾扁扁的，「你是不是對我有什麼不滿啊？你錄用我難道只是為了取笑我嗎？」

我一說完氣氛便完全僵住，老實的熊本完全不知道該如何是好，智妍尷尬地拉拉我，而地獄統治者雙手抱胸，無喜無怒，看來並不在意我的怒火。

「啊！這裡！服務生！」友嵐副店長乾脆站起來向店員揮手，「我們要點餐！」

「對，點餐點餐，我超餓的，我要吃上等牛舌和大干貝！」智妍很配合地把點菜單塞給我，「小瑩妳剛剛不是說要吃牛肋條和大海蝦嗎？還有沒有想吃的？多點一些。」

「對了！今天我們店長請客，剛剛店長一來就說了，大家不要客氣！」一直苦惱不知該說什麼才好的熊本終於想到了一句，紅著臉說道：「還有啤酒暢飲喔。」

請客？！請客了不起啊？請客最大啊？

請客人來吃飯順便取笑的嗎？莫名其妙！

「啊啊，有沒有聞到？好香，其他桌都開始烤了，我也快餓扁了啦。」智妍拉著我說道。

我萬般不願地開始劃記，決定劃個十份要額外加價的生蠔和上等和牛洩恨！要請客是吧，本姑娘就讓你好好請一次！

□

日誌

◎月◎日　週一

全店消毒日。

晚上請員工在炎之龍用餐，大福帶朋友來。

大福真是堅持，明明就是大福到底為什麼不承認呢？

吃燒肉的樣子好像幾百年沒看過牛肉似的，難怪長得這麼像大福。

雖然說有加價每人可以生啤喝到飽，但像大福那樣沒節制的實在太少見了，竟然可以喝到大發酒瘋。

不過，真沒想到她對我這麼不滿，「地獄統治者」、「冰山沉船」、「無良店長」、「閻魔王」、「撒旦王子」？

也太好笑了，該說她有想像力還是創造力嗎？

總之，奇妙的大福。

她真的是女生嗎？

□

「啊啊……」

頭好痛……不是那種因為宿醉或生病造成的頭痛，而是因為受傷。

昨天不知道自己是怎麼了，八成是因為怒火太旺、借酒澆怒的關係，我竟然狂灌生啤，平常的我只有一杯250ml的量啊！喝到第二杯一半，意識就開始模糊，然後不知為何好像額頭撞上了桌角，再之後的事已經完全不記得了。

可惡……

我費力地抬起手，輕觸了一下額頭。

果然在左側貼著OK繃。

唉，已經被人再三恥笑長得像大福了，現在還毀容破相，我也太慘了吧。

啊！

我彈起身體，繃緊坐直！

昨天，友嵐副店也在，竟然在友嵐副店面前喝成那樣——

嗚嗚嗚我到底在幹什麼？！怎麼會這麼笨呢？

而且，既然都喝得不省人事，應該趁機拿個什麼板凳之類的好好的痛揍地獄店長一番！我怎麼可以錯過這種好機會呢？！

……嗯？還是說我其實有這麼做？

是不是有把他的頭壓在桌上狂毆？

啊啊啊什麼都想不起來了！

我懊惱地下了床，拖著腳步走進浴室照鏡子，用指尖輕輕把OK繃撕下，露出了有點發紅小破皮的傷口。唉，別說是氣質美少女，就連平凡女大生的形象都不保了吧。

真是的。

我昨天晚上到底在幹嘛呀？

「來硬！」

放在床頭上的手機發出了聲音，我走出浴室滑開手機。

——起床了嗎？妳還好嗎？

是智妍。

我沒回覆訊息，直接打給智妍，她果然瞬間就接起。

「喔！不會是被我的訊息吵醒的吧？」

「沒有啦，剛剛就起來了。」

「還好嗎？有沒有宿醉？」

「我還 OK，也沒有什麼宿醉的感覺——不過，昨天後來到底發生什麼事了？我沒什麼印象，而且也不知道自己怎麼回來的。」

智妍在電話那端噗地笑出來，「我們四個人一起把妳送回去的！四個人一起喔！」

「為、為什麼？」為什麼地獄的統治者也參一腳啊？！

「因為妳酒瘋發得太嚴重了，我架不住妳，後來熊本和副店一起幫忙，可是攔不到車，最後王子殿下開車先讓我們送妳回來。然後妳走不上樓，是他跟副店一個抱頭一個抱腳把妳扛上去的。」

「……曹智妍妳別嚇我，妳說的是真的嗎？」

「我才沒那麼無聊講這些騙妳，又沒好處。不過，我第一次看妳發酒瘋耶，完全就是壯觀啊。如果不是因為認識妳已經三年，我真的會懷疑妳那個不是喝醉而是吃了什麼迷幻藥。」

「我、我到底是做了什麼事啊？」

「妳先把我們王子殿下痛罵一頓，接著說要跟他比腕力，他還真的比了，妳輸了之後就用啤酒潑他，被他躲掉，結果潑到友嵐副店──哈哈哈哈，想起來就好笑哈哈哈──」

「不會吧？我真的這麼蠢？」

「後來妳還學 PSY 跳舞……而且跳了很久我們才看出來那是騎馬舞。」智妍邊講邊大笑，但我只覺得眼前一片黑暗。

「妳應該馬上把我拖走的！」

「我哪拖得動妳啊，哈哈。」智妍說道，「好險王子殿下沒什麼生氣的樣子，不知道是他修養太好還是準備等妳清醒再發飆。」

頭皮、啊、頭皮發麻了——

看來今天會是我最後一天上班吧？

「喔對了，隔壁桌有客人想用手機拍妳，還好熊本跟副店有阻止。」

我……我是做了什麼讓人覺得可以拍成爆笑影片的舉動嗎？

「天哪，我不要活了。」

「還好啦。啊，對了，妳額頭的傷口還好嗎？」

「嗯、剛剛看了，有點破皮。」

「因為比腕力時妳撞到桌角……噗。」

「曹智妍妳不要再笑了啦。」

「好啦，我也沒空笑了，我上午有課，要準備出門了。妳沒事就好。」

「唔，謝謝。Bye。」

「Bye。」

出門前雖然好好地洗了澡洗了頭髮，但還是擔心自己身上酒味沖天。一面往

CappuLungo走去，一面懊惱地想著我擔心酒味幹嘛，我應該先擔心會被地獄的統治者碎屍萬段吧。

「喔！妳來了！」今天是熊本負責前台，他一看到我就瞬間臉紅。該臉紅的是我啊。「熊本，昨天不好意思，還麻煩你一起送我回來。」

「沒、沒有啦。」熊本傻笑，抓抓頭，「我沒幫上什麼忙。」

「店長跟副店呢？」

「在後面點貨，今天是進貨日。」

「喔對厚。」

我躡手躡腳走到小倉庫，只見友嵐副店一個人拿著條碼機準備貼條碼。

「早安。」我鼓起勇氣打招呼。

友嵐副店轉身微笑，像是昨天什麼都沒發生過似的。「早。」

「昨天真的很對不起！」我趕緊鞠躬。

「——妳對不起的是我吧。」一股森冷的聲音從我背後竄出。

一轉身，果然看見地獄統治者雙手抱胸，以帥氣但恐怖的表情看著我。

我硬著頭皮，扯開笑容，「店長早。」

「店長是嗎？不加個地獄還是邪惡什麼的嗎？」地獄統治者冷笑。

我必須承認這笑容如果放在什麼黑幫電影還是殺手電影裡效果會很好，保證迷倒萬千少女及部分少男，但現在……我只覺得好陰森啊。

「她昨天喝醉了嘛。」友嵐副店連忙說道。

恐怖店長注視著我幾秒，忽然揚起微笑，「雖然沒有姿色，但是畢竟是女孩子，這麼容易醉實在不太好。」

「什、什麼？什麼叫雖然沒有姿色——」

天哪該死的臭臉店長你怎麼可以這麼強大？我難得對你產生了一絲歉疚感，你竟然可以瞬間摧毀它！

「我跟妳不一樣，我心胸寬大、不記仇；昨天的事，我原諒妳。」而且還故作高人一等的姿態抬高下頦用睥睨的眼神看著我，長得高了不起啊？！

「原諒我？」你你你有什麼資格原諒我？！「事情不是——」

「那個，抱歉，打擾一下，」本來應該在前台的熊本忽然探頭，「外面有人找崔瑩。」

「啊？」我呆了呆，「找我？」

熊本點頭，「好像是妳同學喔。」

「喔好謝謝，我馬上過去。」我帶著滿腹怨氣從地獄統治者身邊走過，努力克制向他揮拳的衝動。

「嗨小瑩！」

一身白色小洋裝的孫嘉羽在我面前拚命揮手，手上的潘朵拉手鍊叮噹搖晃，那表情也未免太熱情了吧？

「妳來了。」稍微走近就聞到花香調的香水味。

「剛好路過，就進來看看妳。忙嗎？」

「還好，不過不能聊太久。」正在跟地獄統治者吵架妳說呢。

「這樣啊。」孫嘉羽戴著變色片的大眼睛溜溜地轉著，把臉湊向我，「你們店長在嗎？」

「嗯、在後面，怎麼了？」

「喔！」孫嘉羽往前一踏，伸手挽住我，「小瑩，導覽一下吧。」

……咖啡店耶這裡，導什麼覽啊？

帶妳去參觀放貓砂盆的地方要不要？

「喔，那裡是我們店的露台座位，夏天很熱，冬天很冷。」我隨手一指，同時努力忍住把孫嘉羽推開的衝動。

「哎唷，看也知道是露台啊，」孫嘉羽甜笑著，「我是說比較特別的地方啦，例如員工休息室之類的。」

「既然都叫員工休息室了，當然只有員工才能進去！」——

雖然這完全是我的心情，但是說出這句話的人並不是我，而是神不知鬼不覺就在我背後冒出來的地獄統治者。

他走到我和孫嘉羽側面，雙手抱胸，以極冰冷的語調說道：「這位小姐，請不要為難我的員工。」

我非常難相信、可以說完全沒想過，我也會有在內心對地獄統治者暗自鼓掌的一天——帥啊無良店長、萬惡的地獄王子，幹得好！

孫嘉羽鬆開了我的手，她臉上的笑容看起來有些勉強。

雖然我也不喜歡她，但仔細一想地獄統治者的口氣真的很差。

看在同班同學的份上，我說道：「店長不好意思，我同學來店裡看我。」

他挑了挑眉，沒再說什麼，以帥氣的姿態轉身離開。

等地獄統治者走遠後，我本打算向孫嘉羽說幾句好話，希望她別介意，沒想到——

「真的，就跟傳聞中一樣呢。」孫嘉羽的目光完全沒停在我臉上，直直地注視著地獄統治者的背影。她嘴角勾起了一抹笑，輕輕哼了一聲。

「嗯？妳說——」

孫嘉羽聽到我的聲音才露出如夢初醒的表情，揚起開朗甜美的笑容，「沒什麼，你們店長真是有個性啊。」

「不好意思，他那樣講話……」

孫嘉羽哈地笑了一聲，用指尖捲了下長髮，「沒關係啦，我有心理準備。」

「心理準備？」

「唔、沒什麼。那我不吵妳了，下次再來。」

「喔，好。」

「再見。」

下次……不要再來了吧。

看著孫嘉羽輕盈飄逸的背影，怎麼突然有種很疲倦的感覺？

「崔小姐！」地獄統治者在咖啡機旁叫我，「請妳過來一下。」

「是！馬上來。」

剛剛，是叫我「崔小姐」嗎？

這人是怎麼了？竟然妥協了。

看來昨天我的酒瘋效果挺好的啊。

好吧，看在你知錯能改的份上，我大人大量，以前的事就洗把臉忘了吧。

我走到咖啡機旁，決定用和氣一點的口氣發問：「店長有什麼吩咐嗎？」

他看都沒看我，忙著清理咖啡機，「收銀機旁邊的小抽屜。」

「要打開嗎？」

「裡面有 OK 繃。」

我嚇了一跳，「店長你受傷了？」不會吧，看起來整個人都好好的啊。

他終於抬眼，「已經很沒姿色了，如果額頭再留疤的話那還得了？貼上去吧。」

喔親愛的該死店長、撒旦血統的臭王子，你真的不容許我不怨恨你對吧？

我氣憤地拉開抽屜、伸手進去亂抓一通、把摸到的 OK 繃抽了出來，在心裡不停地鬼吼鬼叫著「地獄統治者我恨你」之類的無意義語句。

「還有，」他依舊看著咖啡機而不是我，「我以後不會再叫妳大福了。」

不叫我大福、改笑我沒姿色，這樣有比較好嗎？

你不會還指望我單膝跪地謝主隆恩吧？

「所以呢？」我沒好氣地用力撕開 OK 繃包裝。

萬惡的無良店長轉身正對著我，沉著臉從我手中抽走 OK 繃，「站好別動。」

「店、店長你——」

「閉嘴。」

他冷喝一聲，接著用指尖將 OK 繃的膠紙拉開，輕輕地貼上我額頭，按了按有黏性的部分，讓它能牢靠一些。

「——好了，妳可以走了。」

我真的不明白這個人到底是怎樣，你到底是好人還是壞人我愈來愈不懂啊⋯⋯

今天晚上收店時只剩我跟友嵐副店。

莫名其妙的店長有事外出，熊本的可愛女友小雪身體不適，所以熊本早退去照顧小雪，於是就由我和友嵐副店一起收拾，準備打烊。

「呼，有妳幫忙真好，收起來很快。」友嵐副店還是那麼可愛，笑容也讓人覺得溫暖。

「沒有啦，我笨手笨腳的。」

「啊，肚子有點餓，要不要一起去吃宵夜？我知道這附近有一家開到凌晨的拉麵店喔。」

雖然已經很累，但面對可愛的友嵐副店邀請，我實在沒辦法拒絕。「嗯，好啊。」

「太好了，跟小瑩一起吃宵夜是第一次。」

我從「學妹」晉級為「小瑩」了嗎？也不錯啦。

而且，在我的人生裡，從來沒有跟這麼帥的男生單獨出去過——

以後也大概沒機會了，嗚嗚。

友嵐副店說的拉麵店真的很近，就在隔壁巷子，嗯，雖然我也住附近，但卻從來沒走到這一帶看看。這家拉麵店店面不大，很單純時髦的紅黑裝潢，座位也不算太多，一踏進店裡就聽到美空雲雀的歌聲，非常懷舊，但跟現代感裝潢很不搭。

「小瑩可以接受豚骨湯頭嗎？這家的豚骨高湯很棒喔。」

「是嗎，那一定要試試看。」

不知道為什麼看著菜單我忽然有種害羞的feel，久違的少女心不知為何選在此時開始運作。只是吃個宵夜啊，才不是約會咧，崔瑩妳不要發花痴了。

——得想點別的才行！

例如……

「那個，副店，」明知山有虎，偏向虎山行，「我真的很好奇一件事……」

「什麼事？」

「你為什麼可以忍受店長？應該說，你跟熊本，為什麼都可以忍受他呢？」我一邊發問一邊感到洩氣，「……還是他特別針對我？他是不是真的很討厭我啊？」

「沒這回事！」友嵐副店連忙說道，「他是有點過分啦，不過，以前從來沒發生過這樣的事……他如果真的看哪個員工不順眼，都是直接開除，所以，我想他對妳沒有什麼不滿，真的。」

即使友嵐副店最後強調了「真的」，但我還是不能接受。
「可是，你也看到了，他每次都取笑我。」唉好無力。
「雖然不知道理由，可是他真的不是壞人啦。就是有點小機車。」
才不是有點！是很大一點！「唉。」
友嵐副店思忖幾秒，說道：「我跟沛軒，也就是店長，認識很久了，他是滿一板一眼的，也很認真。」
「是啦，工作方面的認真程度已經有點過度了。」我嘟囔著。
「呵，但他人真的不壞。」
「但也說不上是好……」
我相信他應該不至於殺人放火啦，但是不殺人放火就能算好人嗎？
忽然想到了額頭上的 OK 繃，我伸手輕觸了一下。
友嵐副店看到我的動作，問道：「傷口還好嗎？」
「嗯、一點破皮而已。」
「要注意別讓它發炎了……對了，」友嵐副店忽然側身，接著拿出一小包白色物體，「這個給妳。」

「這是？」我接了過來。

「含藥貼布和消毒棉片。今天來的時候在我家附近的藥局買的，一直忘了給妳。」

天哪，友嵐副店——

眼前的副店就像是天使般閃閃發光，溫柔的語調，貼心的舉動，淡淡的微笑——太可愛了！怎麼辦好想伸手摸摸副店的頭說好可愛——

不行！崔瑩妳振作一點啊！千萬不能就這樣開始流口水。

「謝謝副店……」嗚嗚好感動。

「不客氣。」

離開拉麵店的時候我注意了一下招牌，發現店名叫作「珍珍軒」。一整個就是間很微妙的店，時尚又充滿現代感的裝潢，但店名和音樂卻充滿了昭和時代感，這種衝突非常有意思。

「這麼晚了，我送妳回去。」友嵐副店雙手插在口袋裡，站在路燈下對我說。

剎那間我的心跳加速，渾身發熱，一種奇異的感覺在我全身流動，「謝、謝謝副店。」

「呵。」友嵐副店一面邁開腳步，一面說道：「對了，今天那個來找妳的女生，真的是妳同學嗎？」

「喔，對啊。」我有些不解，「副店怎麼會這樣問？」

「因為我看到妳的表情啊。」

「我的表情？」

「嗯、其實妳看起來有點不知所措，不太像看到同學時的樣子，表情尷尬。」

沒想到副店竟然有看到孫嘉羽來找我的那一幕，莫非他偷偷在注意我嗎？

唉想太多，崔瑩啊崔瑩妳清醒點吧。

「是有點尷尬啦。雖然是同學，但平常跟她沒什麼來往，並不是那種很要好的關係。」

「看得出來。妳看那個女生的眼神，跟看智妍的眼神完全不一樣。」

「那當然啊。」

就這樣有一搭沒一搭地聊著，從孫嘉羽的系花傳說聊到智妍，接著又聊到了CappuLungo 開店的始末；原來萬惡無良壞心臭店長是小型富二代，家裡有個不大但也不小的重工業集團，只是他對公司業務毫無興趣，反而因為在歐洲遊學品嚐到了好喝的咖啡，從此決定成為咖啡師。

「……原來如此。」原來爛個性是因為家裡有錢，紈絝子弟，嘖。

「沛軒決定要開店之後很拚，因為他家其實並不同意，還是希望他跟在軒哥一樣在自家公司上班。」

「在軒哥，就是上次來的那位楊家二哥嗎？」

「嗯，沒錯。」

「等一下……」雖然不是很重要的事，但我還是問道：「從剛剛到現在，好像都沒有聽到副店提到店長的大哥……難道楊家大哥已經……不在人世？」

友嵐副店聞言大笑，「妳也太有想像力了！沛軒的大哥說起來根本是傳奇人物，他很有名耶，是巴黎目前最炙手可熱的設計師——Austin Yang，聽過吧？」

我一定是聽錯了吧？

Austin Yang耶！

念設計的誰不知道他啊！

去年奧斯卡典禮的紅毯，他的訂製服備受毒舌辛辣的時尚雜誌肯定，是好萊塢明星御用的設計師耶！這幾季的「超級名模生死鬥」也都有邀請他擔任評審，雖然他是華人面孔，但逼近一九〇的身高和一口英國腔根本讓人無法跟台灣聯想在一起！

重點是、他在電視上超帥的，身材好到不行！

萬惡的無良店長家到底是有什麼神基因啊？

為什麼可以生出這麼帥的兒子？而且還不止一個！

「副、副店……你跟店長家很熟吧？他們家有多少小孩啊？」

「妳是說楊沛軒的兄弟姊妹嗎？就三兄弟啊，Austin Yang，也就是泰軒大哥、在軒哥和楊沛軒，就三個兒子。」

這更沒天理了，我本以為說不定他家小孩很多，只是剛好這三個比較帥——

「神基因啊。」我終於認輸地說道。

「哈哈哈，確實是啊。雖然我是男生，但也覺得楊家這三兄弟很令人嫉妒。」

「幹嘛要嫉妒，副店也很可愛啊。」而且人很好，再怎樣都贏過無良楊沛軒幾千幾百倍！

「哈謝謝。」

快到家的時候，天空飄起了非常微細的雨絲。在空氣中緩緩降落的雨點透過路燈顯得非常美，金光閃閃的。我忍不住停下腳步，拿出手機拍了下來。

友嵐副店並沒有催促我，他的視線和我看向同個方向，在我用手機拍照的同時，友嵐副店伸出雙手替我擋住了雨水。

我有些訝異地轉頭，望向友嵐副店，他只是一貫地淺笑著，什麼也沒說。

在這條深夜裡的無人窄巷，昏黃的路燈下，天空灑落著薄薄的雨水，看著友嵐副店對我微笑的眼，忽然間我有種既陌生又複雜的感覺。

有點在意，有點不知所措，有點什麼似有若無，有點什麼隱隱約約。

一瞬間我似乎看得到濕潤的空氣聚集成一層層朦朧的夜色，再輕輕地疊合一起；而時間彷彿先分裂成了直線與曲線，再重新繚繞成一束金色的時光之紗，悄悄地罩向我和友嵐副店。

□

「……喂喂，妳到底有沒有聽我講話啊？」我用抱枕丟向只顧著看小說的智妍，那本什麼亮亮魚還是閃閃魚的愛情小說她到現在都還沒看完。

智妍毫不在意沒啥攻擊力的抱枕，頭也沒抬，一揮手抱枕就被她反擊下床。她用力一手撐起趴在床上的身體，終於願意看著我。

「有在聽啦。」

「那、那妳覺得咧？」

「覺得什麼？」

「覺得……就，妳覺得我是不是喜歡上了友嵐副店呢？」

完蛋了我講出來都不會臉紅，也太悲哀了，哪有人剛滿二十歲就已經開始大嬸化的？！

「我知道妳說的那種感覺啊……就是突然發現，附近的空氣起了變化，對方看起來跟平常完全不一樣、好像打了棚燈那樣。」智妍收起小說，「我也會啊。就是在某個瞬間，突然覺得眼前的男生好特別，好閃亮這樣。」

「所以、妳跟符瑞俊、徐敬為交往的時候也都有這種 feel 囉？」符瑞俊和徐敬為是智妍的前男友們。

「……不一定耶，其實，給我這種感覺的人，不見得最後會跟我談戀愛啊。好比說……」

「好比說誰？」超好奇的。

「東尼．史塔克之類的。」

「喔唷！」我伸出腳踢向智妍，她狂笑著用書抵擋，「妳很討厭耶，我可是很認真的。」

「我也很認真啊！東尼．史塔克好帥，而且超有錢。」智妍說完，忽然止住笑，她翻個身跟我並排躺著，「好啦不鬧妳……其實我覺得，那個就大概叫作『小心動』吧。」

「還小心火燭咧。」

「哎呀，總之，妳那時應該就突然覺得友嵐副店很帥吧。」

「是沒錯。」

「那就是有好感囉？」

「本來就有好感啊。」我痛恨的只有地獄統治者好嗎。

「現在想到他會臉紅嗎？」

「還好耶，但我很喜歡那天晚上的 feel，很特別。」

「那會很想見到他嗎？」

「也還好耶，不過如果他找我我很樂意出去。」

智妍想了想，「那就還不到很喜歡的程度吧，就像我說的，有點小小的心動這樣。」

「那然後呢？」我翻過身用手肘撐起身體，「我接下來要做什麼？」

「看來妳也還不到喜歡友嵐副店的程度，這也算是好事一樁。」

「愈聽愈不懂啊大師。」

智妍說道，「妳就好好的、仔細的看看友嵐副店。」

「天天都在看啊，很帥很可愛。」跟某邪惡無良的傢伙硬是不同。

「男人並不是可愛或帥就行了。」

「妳知道妳說這話超沒可信度的嗎？」交往的都是帥哥還好意思說。

「帥是一回事，但……」智妍想了想，「跟那個人在一起開不開心、勉不勉強才更重要。也可以說，外在條件是門檻，但相處模式才是交往之後能不能順利的關鍵。」

「曹智妍。」

「幹嘛？」

「妳好高深。」

「去妳的。」

「仔細想想也是啦，就像無良的地獄統治者，再怎麼英俊帥氣也掩蓋不了他是個爛人的事實。」

「妳真的不是普通討厭他。」智妍做出了結論。

「來來來，吃飯飯囉～」

我把分成三小碟的貓罐罐放在阿貓們專用的餐桌上（其實原本是員工專用，但地獄統治者堅持他的愛貓不能在地上吃飯但員工沒差）。漢尼拔一馬當先跳了上來，諾曼和艾力克斯則是慢條斯理地晃著尾巴踱向我。

今天晚上客人不多，可能是下大雨的關係。十五分鐘前已經關店，我負責整理照顧阿貓們的飲食起居，熊本正在搬桌椅，而無良店長忙著清點收銀機進行結帳。我從角落往前台望去，想不看到無良店長都很難。

那麼好看的一張臉，怎麼就配在這種人身上呢？唉。最近老是有這種感嘆。

不過，還是得忍耐點。說不定無良地獄哪天可以幫我引見傳說中的 Austin Yang，讓我一睹偶像風采什麼的，我可不能意氣用事——要是得罪了 Austin Yang 的弟弟，搞不好我的設計師之路還會因此蒙上陰影。

我伸手輕輕摸了一下漢尼拔，安慰自己至少無良店長這兩天真的沒再叫我「大福」了，一方面覺得抗爭有成（其實是發酒瘋有效果），一面覺得我這人原來奴性很重，唉唉。

雖然已經關店開始收拾，但店裡的電話卻忽然響起，急促的鈴聲劃破了背景溫柔寧靜的鋼琴曲，用力地拍打著空氣。無良店長皺著眉拿起電話，才說了聲「你好」後便忽然轉頭看向我。

無良店長應了幾聲後舉起電話，對我說道：「找妳的，好像是妳弟弟。」

「啊？」阿瑁打來店裡？我奔上前說聲謝謝接過電話，「喂，是我。」

「姊妳怎麼都不接手機啊我打了十幾通耶好險我有智妍姊的電話智妍姊跟我說妳在打工——」

「有什麼急事嗎？」講話都不用換氣的你，嚇死我了。

「妳快回來家裡暴動了我跟爸都勸不住媽！」

「暴動？怎麼回事啊？媽怎麼了？姊呢？」

「媽跟大姊正在大戰哎呀一言難盡總之大姊丟了個超級震撼彈搞得媽完全抓狂我跟爸完全沒辦法安撫她然後大姊也一副不想活的樣子反正妳快回來就對了！」除了不必換氣的阿瑁聲音我還聽到電話那端爸的勸阻聲、媽的尖叫，現在是怎樣——難道是姊跟未來姊夫的事爆發了嗎？這麼快不會吧。

「好我馬上回去。」我掛上電話急急轉身看向無良店長，「店長抱歉，我家裡有急事，我可以先走嗎？真的很對不起，可以扣我薪水沒關係。」

地獄統治者仍是面無表情，但卻動手解開自己的圍裙。你在幹嘛，是我要先走又不是你，脫圍裙做什麼？

「還愣著幹嘛？不是要走嗎？熊本，你今天負責收店，晚走的話寫加班條子。」

「是，店長。」

無良店長把圍裙隨手扔在前台上，「我有車。」

「啊？」

地獄統治者手沒閒著，從收銀機旁的抽屜拿出他的手機和車鑰匙，「妳不是有急事？我開車送妳。發什麼呆啊，還不快點？」

直到我坐上地獄統治者的副駕駛座並且駛向往碧潭的路，還是不太理解現在究竟是發生了什麼事。

「再說一次哪條路。」地獄統治者忽然開口。

「嚇死我了。」

他瞪我一眼，「妳家在哪條路？」

「國、國校路。」

「知道了。」

雖然很感激店長你送我回來讓我省了計程車費公車費捷運費，但是你的表情真的讓我壓力很大啊店長。為了姊姊的事我已經很驚恐，拜託你不要再給我精神壓力了。

「啊，前面——過了紅綠燈靠邊停就可以了，我家就在那棟白色大廈。」我一面準備下車，一面懷著史上第一次對無良店長產生的極微量感激之情，說道：「謝謝店長。」

「好了，上去吧。」

說話還真是簡潔有力，光看他的表情實在看不出是他自願送我回來，不知道的人八成以為我拿刀逼他——哎算了現在可不是管他啥表情的時候啊！

可惡竟然沒帶家裡的鑰匙，不但如此，手機和錢包我全都還放在店裡的員工休息室！真是笨蛋啊我。

按了幾下電鈴，家裡根本沒問是誰就替我開了門，八成是阿瑁。我衝向電梯接著再衝出電梯衝進家門，赫然發現玄關還好，但客廳一副被重磅炸藥破壞過的樣子。弟弟阿瑁和老爸站在客廳和飯廳的交界垂手而立，老媽在一片狼藉的客廳中抱著頭啜泣，而大姊的房門緊緊關著。

阿瑁和老爸看向我，我輕輕走了過去，小聲的問：「到底發生什麼事了？姊呢？」

「姊在房間。」阿瑁揉揉額頭，臉上寫滿了不知從何說起才好的表情。

老爸神情倒是淡然些，「小琳鬧出大事了。」

「噢。」看來果然是跟未來姊夫的事爆發了。

簡單來說，崔家的長女崔琳小姐正在和崔太太完全不能接受的先生交往中。而且看樣子，應該差不多已經發展到要帶回家見父母的程度了。

很久之前我就知道這件事，那時姊姊拜託我不要過問，於是我雖然早就預期到老媽一定會震怒反對，但也就放手沒理會，完全置身事外。

到底為什麼那位先生如此讓崔太太也就是我老媽失望呢？如果沒記錯的話，那位先生跟姊姊同樣是醫生，不知是離婚還是喪偶，是個單親爸爸，一個人帶著小孩生活，而且那孩子好像還有點體弱多病。

聽起來好像沒什麼，只是個單親爸爸而已又不是真的有什麼危險問題的對象，但對老媽來說「單親爸爸」就是完全不能容忍的選項。

——開玩笑，我們崔家最優秀的大女兒耶，至少也得嫁個人品不錯、家世清白、身高一八五、沒有媽媽的優秀執業律師才對吧。

這是老媽天天掛在嘴上的話。

在她心目中，身為醫師的姊姊最好的選擇就是嫁給律師，這樣以後就算遇到醫療糾紛也不怕了（不要問我這邏輯從何而來）。當然老媽也是說說而已，並沒有真的下令姊姊非嫁律師不可，只是從她的話中，就可以感受到她對姊姊婚姻大事的期許。因為同樣的話，老媽從沒對我和阿瑁講過，她對我們的婚姻要求大概就是「拜託你們別這麼墮落，以後結不了婚變獨居老人看你們怎麼辦」或者「如果有人願意跟你們結婚媽媽我一定會去廟裡還願的」這種程度。

跟我這很混又沒長處的妹妹和一天到晚不知道在忙什麼的弟弟相比，我們崔家長女崔琳小姐是個貼心又認真的好女孩，從小到大沒讓老爸老媽操心過，雖然不是資優天才，但也順順地念完醫學院成為醫生，工作受到肯定，跟家人也沒啥問題。我跟老弟阿瑁，一直以來更是抱著「有姊姊在家裡就不用我們操心」的心態任性過日子；說真的，我跟阿瑁從小到大能這麼輕鬆，完全是因為姊姊一個人就扛起了老爸老媽的所有要求和希望。

正因為姊姊算得上是完美型的女兒，所以老媽自然而然把對姊姊的人生標準拉得很高；如果是我或阿瑁做錯事，老媽固然會生氣，但卻不會如此失望，但今天違背老媽的是一向貼心又體貼、被長輩們寄予厚望的姊姊，老媽受到的打擊可想而知。

只是，那畢竟是姊姊喜歡的人，是姊姊的人生——再怎麼聽話乖巧的姊姊也會有自己想要追求的生活；如果那樣的生活跟父母期望不同，難道真的要硬押著姊姊走在老媽期盼的道路上嗎？

其實我不知道有沒有標準答案，或者所謂「好一點的答案」。我想姊姊也明白，老媽指點的標準人生之路一定比較好走，也不會不幸福，可是——

如果換成是我，我又會怎麼做呢？

也許我會選擇讓父母傷心，但那樣獲得的愛情一定會蒙上一層陰影。

也許我會選擇讓自己放棄，可是隨之而來的後悔也會讓我痛苦不堪。

我伸手搭上姊姊房門的水平把手，想著應該要勸慰姊姊，但卻不知該從何說起，甚至連自己的立場都模糊不清——我想，現在所能做的，也許就只有抱抱姊姊，讓她知道我們能理解她的痛苦吧。

□

早上六點多就聽到廚房傳來做早餐的聲音。

雖然很久沒住家裡，但一聽就知道是老爸在做早餐——技術有限，老是摔盤子砸碗的，不然就是把荷包蛋煎成黑炭狀。

「……好像燒焦了，油煙味好重。」一夜沒睡的姊姊窩在她的床上，輕輕說道。

「爸的廚藝妳也知道。」但不做不行，平常負責早餐的老媽好像半夜才回房休息，早上當然起不來。

「應該叫阿瑁出門上學時在外面買早餐吃就好。」姊姊此刻的神情很淡然，彷佛什麼事都沒發生過似的。

「我們崔家的習慣就是早餐一定要在家吃嘛，不然就得全家一起去外面吃。」我也淨回答一些無意義的話。

「欸小瑩妳也回去吧，妳還要上課打工對吧？我沒事啦，不用擔心。」姊姊抬起頭，朝我一笑，那笑容寫滿疲倦，但也有幾分堅定。「我會長期抗戰。」

「長期抗戰？」

「嗯。很奇妙。」姊姊的笑容變得有些不同，摻入了一點幸福感，「我真的很喜歡那個人，那種心情非常微妙——想看到他，想在他身邊，想要跟他牽著手一起看天空，想要跟他一起笑，如果難過，也希望自己可以給他安慰。」

我看著姊姊，「那，他的想法跟姊姊一樣嗎？所謂的長期抗戰，他會好好努力吧？」

姊姊笑著搖頭，「不確定耶。我不知道自己該不該把那個人牽扯進來……為什麼要讓他來面對這些呢？」

「因為他愛妳，所以應該一起面對，不是嗎？」

「因為我愛他，所以不想讓他一起面對，怕他受傷，不是嗎？」姊姊優雅地用問句回答了我。

「……姊，妳這樣很辛苦。」

「好像是；但，追求自己想要的，又怎麼會不辛苦呢？」

走出姊姊房間時，我繞到老爸老媽房前開了門條縫偷看一下，老媽用被子蒙住頭，不知道是在睡還是躺著休息。我躡手躡腳地關上門，一轉身差點沒被靜悄悄的老爸嚇死。

老爸比了「噓安靜」的手勢，要我去飯廳吃早餐。

——果不其然菜色是「炭燒荷包蛋配全黑吐司佐烤焦培根」。老爸你真的別再做早餐了，這麼多致癌物吃了會出事的。

陪老爸和阿瑁靜靜地吃完早餐，看看時間我也該回家收拾一下，還得去店裡拿手機跟錢包。於是回房間換了件衣服，從抽屜掏了張千元大鈔，就跟要去上學的阿瑁一起出門。

「欸姊，」在電梯裡阿瑁突然問，「妳是不是早就知道大姊男朋友的事？」

「嗯啊，之前跟朋友去逛街，剛好遇見。」

「那男的怎樣？配得上大姊嗎？」

「一表人才啊。成熟穩重型的吧，好像也是醫生。」

「可是有小孩對不對？」

「那也沒辦法啊。」

「……老媽說，她很怕大姊去當人後母。」

「姊又不會虐待那小孩。」

「妳不懂啦。別人的小孩，要是聽話、教得好，是大姊賺到了；要是叛逆不受教，別人還不都把帳算到大姊頭上？反正小到感冒發燒大到殺人放火全都是後母不好；太寵也不是，學壞了管教也不是，後母妳以為很好當嗎？」

「哇你一個高中生懂很多嘛。」嗯老媽想得沒錯，確實會很辛苦。

「所以老媽才會發瘋似的反對，她是怕大姊受苦、吃力不討好。」

「你這臭小孩什麼時候變得這麼貼心、這麼理解老媽了？」

阿瑁嘆口氣，用一種我從沒聽過的正經口吻說道：「人總是會長大的。」

「好想揍你。」

「這不重要啦。我是在想，姊妳要不要勸大姊……」阿瑁抓頭，臉紅了，「身為她老弟，我也不想看她結婚以後很辛苦。」

這小孩……

我踮腳伸手摸了一下阿瑁的頭，「我知道你的意思。」

「哎唷別弄啦討厭耶妳。」

走出一樓玻璃門後阿瑁忽然停下腳步，往我身後看去。

「怎麼了？」我也跟著停下來。

「那輛車……」

「哪輛車？」

「那輛，深灰色的休旅車……車上的人一直往我們這邊看耶。」

「休旅車？」順著阿瑁指的方向看去，我不禁叫了出來，「店長！」

「啊？」阿瑁完全一頭霧水。

這時，萬惡的地獄統治者打開車門，下車走向我們。

天哪，這人為什麼沒有洗澡換衣服，而且還臉很臭？

「店、店長你為什麼在這……」我開始語無倫次，「店長早，這是我弟。」

阿瑁機靈地點頭，「你好，我叫崔瑁。」

「你好，我是崔小姐打工的咖啡店店長，我叫楊沛軒。」地獄統治者難得露出一抹微笑，「雖然是姊弟，但一點都不像，弟弟很帥。」

阿瑁聞言毫不猶豫地大笑，然後看了我一眼，「是吧，我們家三個小孩，就崔瑩長得最奇怪。」

「你這死小孩！快給我滾去學校！」我忍不住大叫。

「好啦，我快遲到了。」阿瑁向地獄統治者禮貌周到地點頭致意，「那我先走了，店長先生再見。」

「好，再見。」

等阿瑁蹦蹦跳跳走遠後，無良的地獄統治者，雙手抱胸轉頭看我，「上車。」

「……喔。」奇怪了我幹嘛乖乖聽話。

上車之後，我怎麼想都覺得不太對勁。

這人為什麼一大早在我家門口出現啊？他怎麼知道我早上會要回租房子的地方，而不是昨天半夜就已經回去？

「……那個，店長大人……」看在又省了一趟車錢的份上，我決定客氣點，「勞煩你又來載我一次，真是不好意思。」

「嗯。」超簡短的。

還真簡短，算了。

反正我也不知道還要講什麼。

「……妳說。」

「嗯？」

「什麼叫又來載妳一次？」

「就，昨天晚上送我回來，今天一大早又來接我，所以我才這樣說啊。」不然你要我說你多管閒事我自己有腳會回去這樣嗎？

「要感謝就好好感謝。」地獄統治者也沒看我，還是那張冰山臉，說道：「妳應該說：『謝謝你等了我一整晚。』」

「我為什麼——」我停住本能的嗆聲，呆了呆，「不、不會吧，你在我家樓下等了一整個晚上？」

「嗯。」

你為什麼不回家啊？

難怪你沒換衣服穿得跟昨天一模一樣。

好奇怪，昨天看我可憐（？）送我回來還可以理解，反正你也要下班回家了，但沒事在我家樓下等了一晚上？這太奇怪了吧，說句不好聽的你是我什麼人啊……要等也該是那個害我們家發生暴動的單親醫生先生來才對啊，你湊什麼熱鬧。

當然，這些話也只能在我內心迴盪，沒辦法真的說出口。

再怎麼說還是等我一整晚，仔細一看確實連鬍碴都冒出來了。

「……謝謝。」好不容易擠出這兩個字，我真的盡力了。

「嗯。」

還是那麼短的回答。

這人……

我真是一點都不能理解啊。

□

日誌

◎月◎日　週二

晚上收店時大福家裡來電說有急事，送大福回碧潭的家。

有點擔心，不知道是不是她家裡發生什麼嚴重的事。

大福看起來很焦慮，有些驚慌。

送她回去後在車上坐了一下，想想還是在車上等她好了。

萬一臨時發生什麼需要用車的情況，至少可以發揮作用。

不過，我到底為什麼要等她？

□

走向員工休息室的置物櫃我打開櫃門，拿出手機和錢包，阿瑁昨晚打了很多通電話來，智妍也傳 LINE 說家裡有急事找我，半夜和凌晨又傳了幾通，大概是很擔心吧。

我簡短地回了幾句話給智妍，讓她放心。一整夜沒睡，陪姊姊說話，現在終於感到睡意，可惜十點多就有課直到下午，晚上也有打工。

「快回去睡覺。」邪惡的地獄統治者忽然悄無聲息地出現在我背後。

「不好意思，店長你也累了吧……」雖然不是我逼他的，但他畢竟還是在車上窩了一整夜，總覺得好像欠了他什麼。

他不耐煩地揮手，「總之快點回去。」

臉很臭。

我真是——

我真是完全不能理解這個人耶。

你到底是對我好還是不好呢？先生。

看似很貼心地等了我整夜，但始終一副我欠你幾百萬的表情，奇怪是我拿刀抵著你脖子叫你不准走的嗎？我連開口拜託都沒有耶，你自願的耶，現在又擺張臭臉，我真是不懂你啊！

與其說生氣，現在的我更像是因為陷入了奇怪謎團中而暴躁不已。

反正我已經說過謝謝，你愛怎樣隨便你啦。

才剛踏出店門就差點撞上友嵐副店，友嵐副店有點訝異地看著我，「小瑩？妳今天上午有班？」

我搖搖頭，簡單解釋一句，「昨天沒把手機和皮夾帶回家，剛剛來拿，現在要走了。」

友嵐副店偏著頭，「……還好嗎？聽熊本說，昨天妳家裡有急事。」

「喔，還好啦。就回家一趟。」

「我知道妳現在在咖啡巷這邊租房子，那妳家在哪呢？中南部？」

我連忙搖手，「沒那麼遠啦，我家在新店碧潭。因為我不會騎車又懶得通勤，所以才在學校附近租房子，其實沒很遠，要從家裡通勤來學校也是OK的。」

「原來如此。妳看起來有點累，快回去休息吧。」

「嗯、謝謝副店。」

「啊小瑩，」才剛走下階梯，就聽見副店叫我。友嵐副店見我回頭，給出一個溫柔微笑，「如果有什麼需要我幫忙的別客氣。」

「哈沒事啦，謝謝副店，Bye。」

副店啊副店，用那種萌萌的表情跟我說話耶，太可愛了。

為什麼要對我這麼好呢？莫非——

我搖搖頭，自作多情吧，友嵐副店對誰都很好。光看他能忍受地獄統治者就知道，友嵐副店個性太好，太溫柔……

所以，他應該沒有特別的意思吧。

但是，不知為何想起了那天友嵐副店陪我回家的畫面，在金色細雨下的友嵐副店真的好帥氣、好可愛。

跟某人就是不、一、樣！

雖然洗完澡之後感到精神一振，但實際進了教室還是忍不住開始昏昏欲睡。好不容易熬過上午兩堂課，到了中午吃飯時間，本想去商學院找智妍，但卻又有點懶洋洋的，索性買了牛奶和便當到下午要上課的教室窩著。

「我可以坐這裡嗎？」沒等我回答，孫嘉羽便笑盈盈地拉開座椅坐下，「一起吃飯吧。我買了鮪魚三明治，要吃嗎？」

「不用不用，我吃了排骨便當，超飽。」嗯系花就是系花，跟我這種買排骨便當大口吞飯只求填飽肚子的類型完全不同。

「那這個，給妳，黑糖珍奶，是醫學院後門超有名的那家喔。」孫嘉羽完全表現出來野餐的態勢，兩手各拿一杯珍奶，「我們一人一杯。」

「謝謝。多少錢我給妳。」

「哎呀不用了。」

「那怎麼可以。」

「可以可以，不然，」孫嘉羽眼珠轉了轉，「下次請我喝你們店裡的咖啡吧。」

「唔，好啊，原來妳喜歡喝咖啡。」

「你們家的咖啡好喝嘛，特別是冰滴。」孫嘉羽拆開三明治包裝，像小鳥一樣輕啄一口，用有點撒嬌的口吻說：「……上次我被你們店長嚇到了耶。」

「不好意思……」等一下，我幹嘛替他道歉？！「店長他就那種個性啦，不討喜。」

「呵呵，沒關係啦。他那麼嚴肅，是工作狂吧？」

「好像是耶，幾乎整天都在店裡。」而且以造成員工們的精神壓力為樂。

「那他女朋友會常去店裡陪他嗎？」

「那傢——我是說店長，他目前單身吧。」

友嵐副店好像說過，也是啦，不管那張臉再怎麼帥氣好看，也沒辦法掩蓋個性上的「殘缺」——已經超越一般所謂的「缺點」了根本。

孫嘉羽露出驚訝的神情，「可是，聽說他的女朋友是網路人氣美女，好像是很紅的 showgirl。」

「噢，那是大家弄錯了啦。妳說的是小雪，那是我們另一位同事熊本的女朋友，她滿常來店裡幫忙的。」

孫嘉羽若有所思地點點頭，繼續輕輕啄著三明治，「他竟然沒女朋友，好難想像。」

沒辦法接話。

我拚命忍住不要抱怨無良店長或者脫口而出「只有被虐傾向的女生才會喜歡他」之類的真心發言。

孫嘉羽問了很多店裡的事，而這些事很大一部分繞著地獄統治者打轉。中午休息時間快結束時，我收拾好午餐殘骸，順便去洗了把臉，抬起頭看到額頭上的傷口已只剩淡淡微紅一角，然後地獄統治者替我貼上 OK 繃的畫面就這樣咻地躍入我腦海中——

站得非常非常近，近到幾乎可以聞到淡淡的沐浴乳還是洗衣精那種充滿潔淨感的香味；也可以清楚感受到他指尖的溫度，和掌心貼附在我髮際的輕柔——

不對！我怎麼會想到這些？！

我想這些幹嘛？！

一定是孫嘉羽害的，都是她不好，一直提地獄統治者，才會害我想到那個個性扭曲的奇怪傢伙，一定是這樣！

□

「您好，歡迎光臨，請問要點些什麼？」

「兩杯大冰拿外帶。」

一如往常我站在前台點單和結帳，正當我一面 Key 單一面想著今天晚上一定要好好睡個痛快時，又有新客人走進店中。

孫嘉羽帶著亮麗的笑容開始排隊。

這人，也太司馬昭了吧。

就算我再怎麼白痴，也看得出來這位「司馬昭」是打算來泡地獄統治者的。明明跟我不熟還跑來套交情，又請喝珍奶又問了一堆店裡的事，雖然既不犯法也沒礙著我，但不知為何心裡就是覺得不高興。

「您好，歡迎光臨。」輪到孫嘉羽時，我決定用稍微冷淡一點的口吻說話。

「要請我喝什麼？」孫嘉羽用很甜同時也很清亮的聲音說道，站在我身後距離不到一公尺、負責咖啡機的無良店長當然會聽到。

「妳不是說我們店裡的冰滴好喝嗎？那冰滴怎麼樣？」

「嗯、好啊，那我先過去找位子坐。」

「好。」

我 Key 完單，轉身要把單子交給負責咖啡的地獄統治者，沒想到他一臉陰鬱。是的，不是面無表情，而是眉頭深鎖，好像很不開心似的。

「店長，一杯冰滴。」

「那女的又來幹嘛？」他一臉胃痛的樣子說道，「而且為什麼妳要請她？」

「我會付錢啦。」

「不是錢的問題，堂堂 CappuLungo 難道沒錢請員工喝咖啡嗎？」哇難得講這麼一長串。

「那是什麼問題？我同學今天請我喝珍奶，說讓我回請她咖啡呀。」雖然是「司馬昭」，但再怎麼說還是同學，我可不想因為得罪系花而被霸凌啊。

「……」地獄統治者還是那張胃痛的臉（好吧就算皺眉也還是很帥）。

「那個，店長，」我決定放低姿態，裝可憐一下，「再怎麼說也是我同學……」都說了是我要請她，我會付錢，你到底在糾結個什麼勁兒啊？

地獄統治者深沉地看著我幾秒，好像思考什麼重要決定般，接著輕嘆一聲，緩緩說道：「妳去陪同學。」

那倒不用，「可是現在是上班時間。」

「放妳十分鐘假，快去，現在去。」

「……喔，好。」

這時候應該說謝謝店長嗎，但我又開始覺得搞不清楚狀況了。

看他的樣子，不知道的人還以為他下了多痛苦的決定……

而且、其實我沒打算理孫嘉羽，只是想買杯咖啡給她就算了，根本沒想過要去和她多說什麼或者進行什麼少女小社交，這狀況一整個莫名其妙。

離開前台我走向孫嘉羽，本來在滑手機的她驀地抬頭，雖然朝我一笑，但那笑容卻似乎帶著幾分意外。

「妳不是在忙嗎？」

「沒關係，今天店長人很好，讓我休息一下。」我說，「咖啡馬上就好。」

孫嘉羽的視線越過我飄向地獄統治者高挑的背影，「看來你們店長今天心情不錯。」

「應該吧。」

光靠臉部表情我實在沒辦法判斷，我也轉頭看了下前台，好險現在沒人排隊。嗯光看背影實在很吸引人，如果個性稍微溫和一點就好了。

唉我想這幹嘛，跟我一點關係也沒有，哼。

反正就算現在這種鳥個性，一樣有像孫嘉羽這樣的勇者敢靠近啊，只能說一帥遮全部，真好。

「冰滴咖啡。」地獄統治者端著兩杯咖啡和兩份櫻桃起士蛋糕過來，他放下托盤後不知為何顯得很不自在，比了一下蛋糕，「本店招待。」

「啊、你好！我是小瑩的同學孫．嘉．羽。」孫嘉羽把自己的名字唸得相當清晰，只差沒在紙上示範寫法。

「妳好。」地獄統治者竟然像個好學生似地點點頭，「妳們慢慢聊。」

慢、慢、聊？

我有沒有聽錯啊？

這人什麼時候變得這麼心地善良有人情味了？

而且這個蛋糕是怎麼回事？我沒有要請她吃啊，別把帳算在我頭上，我絕對不會付錢的喔！開玩笑連智妍都沒招待了，怎麼可能招待孫嘉羽吃免錢的，才不要。

等地獄統治者回前台之後，孫嘉羽一面拆開吸管紙包，一面帶著些許驚喜的表情低聲說：「……好像親切很多呢。」

「人格分裂吧。」啊可惡不小心說出真心話了。

但孫嘉羽完全沒在聽，她兀自注視著地獄統治者的背影，彷彿從他的舉動中可以得到什麼秘密訊息似的。

過了一會兒，孫嘉羽才轉頭，帶著幾分打量但又隨即收妥那神情，笑道：「小瑩妳滿厲害的耶。」

「嗯？什麼意思？」

雖然櫻桃起士蛋糕是本店人氣商品，但我好像從開始打工到現在一次也沒吃過，此刻的我心裡眼裡就只有蛋糕，懶得思考孫嘉羽的話。

「……妳好像、跟楊沛軒處得很好。」

楊、楊沛軒？喔對，都差點忘了令人迷惘的地獄統治者有人類姓名這回事。

「——並沒有。」

這樣叫處得好？先是把我這文藝氣質（？）女大生當作苦力使喚，接著死都要叫我「大福」，要不是發了酒瘋嚇嚇他，說不定我現在還身陷大福地獄呢！這樣——完全算不上處得好吧？

孫嘉羽忽然貼近我，「欸，問妳喔——妳喜歡你們店長嗎？」

「咳！咳咳！」起士蛋糕也是會嗆死人的好嗎系花同學？！我粗魯地拿起玻璃杯猛灌了一大口咖啡，用力捶了捶胸口，重重吐出一口氣——

「孫嘉羽妳胡說什麼啊？！」

抱歉我知道我很沒禮貌，但我此時此刻實在太激動了。

孫嘉羽甜笑著，「哎唷沒有就沒有，不用這麼激動嘛，」她撥了撥長髮，「我只是先釐清一下……」

「釐清這個幹嘛？」

「——如果拜託情敵幫忙自己，這不是太可笑了嗎？」孫嘉羽向我眨眨眼，勾起是男生都會被迷倒的超可愛笑容。

就算妳這樣對我笑滿兩個鐘頭也沒用的系花同學我又不是男生。

我在心裡OS。

還有，我這輩子最不可能喜歡上的，就是地獄統治者，OK？

「情……情敵……」怎麼覺得開始頭痛了？「所以妳對我們店長……」

孫嘉羽收起張揚的笑，偏著頭，「該怎麼說呢，他還滿難攻下的樣子。」

「我不是很懂耶，他現在變成什麼奇怪的狙擊目標了嗎？」

孫嘉羽品嚐咖啡，用做了漂亮光療的玉手玩弄吸管，說道：「妳知道我們系上去年畢業的藍妙菁學姊嗎？」

「知道啊，還沒畢業就進演藝圈、現在是名模的那個女神學姊。」

「是吧，連妳都知道她漂亮吧？」

喂什麼叫連我都知道。「遠遠的看過，是很高很亮眼。」但不是我欣賞的類型。

孫嘉羽像是要交換什麼驚人秘密似的，低聲說道：「妳知道嗎，妙菁學姊曾經倒追過楊沛軒。」

「真的假的？」

「但是，完全沒有進展，被狠狠拒絕了。」孫嘉羽又看向在前台忙來忙去的地獄統治者，「傳聞他曾經有交往對象，但單身很久了。不只我們系，全校想接近楊沛軒的女生不知道有多少……何況什麼校外女生、年輕OL都還沒算進去呢。」

難怪我們店裡老是高朋滿座，除了小雪來幫忙的日子外，九成客人都是女生。

「我還是不懂，妙菁學姊沒追到店長，跟妳有什麼關係？」

「……是沒很絕對的關係啦，只是，我也想挑戰看看就是了。」

這什麼邏輯啊？挑戰看看？現在是演極限體能王嗎……

難道我真是個笨蛋？先是不懂地獄統治者莫名其妙的態度，接著又不懂孫嘉羽想對他下手為什麼又要扯到什麼去年畢業的妙菁學姊，我一整個不能理解啊。莫非，我真有這麼笨嗎？

「我想，她的意思應該是說，她想挑戰什麼菁學姊吧。」

「挑戰？」

「對呀，雖然孫嘉羽跟已經當名模的什麼菁學姊還差得遠，但她應該是想藉由攻下我們王子殿下來證明自己的『實力』，之類的。」智妍說道。

「……超無聊。」

「妳竟敢批評你們系花的人生目標，小心被她的粉絲霸凌。」智妍換個話題，「對了，昨天晚上妳家到底發生什麼事了？崔瑁打電話給我，語氣超驚恐的。」

「就我姊啦，跟我媽在家演韓劇。」

「演韓劇？」

「我媽很反對我姊的交往對象，大哭大鬧，差不多就是把韓劇裡的媽媽標準台詞拿出來說了一遍，跟著劇情鬧了一晚上。」唉，不知道今天家裡狀況怎麼樣，等會兒還是打個電話給阿瑁問問。

「為什麼要反對？小琳姊是跟流氓還是什麼高利貸從業員交往嗎？」

「不是啦，就她醫院裡的醫生啊，只不過那個男的雖然單身但有小孩。我媽也是怕她去照顧人家孩子，吃力不討好，所以才那麼激烈的反對。」

智妍伸個懶腰，「真的很韓劇。那小琳姊還好嗎？」

「她說她要長期抗戰。」

「那妳支持小琳姊還是伯母？」

「這個嘛，」我想了想，「可以理解我媽真的很怕我姊受傷，不過，那畢竟是我姊的個人意願……還是希望我媽退一步吧。」

「嗯，也是。」智妍突然雙手一拍，「啊，對了——妳說，昨天是王子殿下送妳回家，還在妳家樓下等了一夜，真的嗎？」

我點點頭，「真的啦，騙妳幹嘛。我實在猜不透他啊。」

「妳跟他什麼時候感情這麼好了？」智妍戳戳我，邪惡地笑著。

我不禁翻白眼，「拜託，不要用那種『你們有一腿』的表情說話好嗎，想也知道不可能！」

「為什麼不可能？」智妍托腮想了想，「欸小瑩，」

「幹嘛？」

「那天去吃燒肉，妳不是發酒瘋嗎？」

「喔唷幹嘛又重提……」

「照理說冰山般的王子殿下應該早就抓狂才對，可是他不但完全沒有生氣，我還看到他一直在偷笑耶。」

我喪氣地說：「那是因為我很可笑吧。」

「不對，加上昨天的事，我覺得他可能對妳有好感。」

「……曹智妍，如果三天兩頭這樣欺負我是對我『有好感』，那全世界的男生根本都在『愛慕』我了吧！」

「那他幹嘛專程送妳回去又乖乖等妳？」

「誰曉得，說不定他家鬧鬼所以沒膽一個人回家……」好吧說出這種話的我實在也很蠢。

「白痴欸妳。」智妍用手指敲敲下巴，「也是啦，自作多情不太好，再觀察看看。如果他真的對妳有好感，應該會繼續行動吧。」

「如果他真的跑來告白，我相信世界末日應該不遠了。」說不定比我在四十歲那年成為LV的王牌設計師還難三百倍。

「不過，假設喔——」

「嗯？」

「我滿好奇的，閃亮亮溫柔帥氣的友嵐副店跟冷冰冰傲嬌俊俏的王子殿下，妳會選哪個？今夜、ご注文はどっち？」

「……料理東西軍沒播很久了喔，妳這樣會被發現真實年齡……」

智妍哈哈大笑，「快說啦！」

「說真的我沒想過——誰會沒事想這種東西啊？！」

「崔瑩同學，這就是妳二十年來都沒談過戀愛的關鍵了，缺乏戀愛天線啊根本。」

「什麼戀愛天線？」

「這本書上寫的。」智妍拿起作者名叫亮亮魚的那本愛情小說，「裡面的主角嚴重缺乏戀愛天線，我本來以為是作者誇張、現實生活裡不會有這種人，現在看來妳就是個活生生的例子。」

「天哪妳看書速度也太慢了，我都已經看完《空洞的十字架》、《M&N偵探社》和《汽油生活》了，妳還在看這本！」

「現在是討論讀書效率的時候嗎？該檢討的是戀愛效率吧。」智妍哼了哼，「妳就是因為都不看愛情小說，只看那種殺來殺去的才會這麼感覺遲鈍。」

「最好是啦！」

「反正，妳還是把從推理小說上學來的推理技巧發揮在愛情中比較實在，說不定會有意外發現喔。」智妍作了結論。

□

日誌

◎月◎日　週三

大福同學濃妝女來店裡。

看在大福的面子上，忍下不爽的心情過去打了招呼。

那濃妝女從很久以前就常來店裡，眼神實在令人不悅，活像個偷窺狂。

大福也真是的，不想應酬濃妝女，又何必勉強呢？

05

從便利商店拿完網購的書我慢慢散步。

雖然深夜裡文藝氣質（？）女大生獨自一人走在小巷裡實在很不妥，但我還滿喜歡這種寂靜的感覺。如果天氣不太熱，有時會順便買杯咖啡在便利商店外直接坐下，開始翻閱剛拿到的新書。

「半夜了不回家在這幹嘛？」似曾相識的深灰色休旅車不知何時開到我的身邊，車窗還悄悄打開。

「媽呀。」嚇死人了！

地獄統治者停下車，「已經十二點多了妳知不知道。」

「知道啊，我有錶。」

「那還不回家？」

「現在不是正要回家嗎？」奇怪了你幹嘛一副管教我的口吻，而且你自己還不是一樣三更半夜在外游蕩。

「上車。」

「啊？」
「送妳回去。」
「不用了，就在前面，一分鐘就到了。」
「那好，妳快回家，我看妳進去再走。」
我沒聽錯吧？
說真的地獄統治者，你無端端跟我說這種話，就算我真的嚴重缺乏戀愛天線，也一樣會覺得怪怪的耶。
「我、我要再散步一下。」
「散什麼步？」
「就，四處走走啊。」
「上車。」
「啊？」
「不想讓我的車繼續塞住這條巷子就快上車。」
驀地我想起智妍說的，是不是應該在這人身上施展一下推理精神呢？
所有犯罪（？）都需要動機，那令人迷惘的地獄統治者沒事要送我回家的動機又是什麼呢？

抱著探案精神我上了地獄統治者的車，上次坐車時只想著家裡的事沒注意，今天才發覺他的車超級乾淨，一點怪味都沒有。

「車程大概只有十五秒，這樣不會很奇怪嗎？」我小聲地說。

地獄統治者沒什麼表情，說道：「不是要去散步嗎？帶妳去散步。」

「喔。」

就我跟你？

兩個人？

不對，什麼叫「帶妳去散步」？

為什麼聽起來你是人我是狗啊？！

「你、你——我、我又不是狗。」

「……原來聽得出來啊。」

竟然笑了！

拐個彎說我是狗很好笑嗎？

說我是狗的男生會對我有好感？還是早點洗洗睡吧。

「我說，我還是回家去好了。」唉根本用不著什麼偵探精神，我放棄了。

「去散步。」

「我要回家。」

「妳家已經過了。」

「你怎麼知道我家在哪？」

「履歷上有寫，而且有種東西叫 Google Map。」

「你沒事就會搜尋員工住哪嗎？」

「不會啊，我就不知道熊本住哪。」

……那你幹嘛搜尋我住哪？

講不到幾句話的時間，地獄統治者一下就已把車駛至附近的河堤。雖然說我實在不覺得地獄統治者會對我做出什麼難以想像的事，但三更半夜孤男寡女來這種地方，就算我沒有戀愛天線，不過至少危機意識還是有的。

「……停在這裡嗎？」我小聲問。

「不停下來怎麼下去散步？」

「算了我還是改天再散步好了。」

「但現在我要散步。」

「……」

該不會想把我拖進草叢裡分屍吧？

可惡我竟然忘了眼前這位可是會把愛貓取名為諾曼・貝茲的地獄統治者耶，嗚嗚愈來愈覺得自己身陷危機。

地獄統治者一手放在車門握把上，「不下車嗎？」

「突然，有點累。」

其實是一點都不想跟你走在半夜的河堤，問題是這心聲我說出來會被打吧。

他縮回手，好像打消了下車散步的念頭，什麼也沒說，就只是靜靜坐著。

——我是不是該找個話題？

兩個人這樣坐在車裡什麼都不說超奇怪的。

如果把我換成美女的話應該就有電視劇裡深夜約會的畫面效果。

唉。

「——對了。」

結果打破尷尬空氣的是地獄統治者，他側身從後座拿來一個保冷袋，人高真好，換了我根本搆不到後座的東西。

「給妳。」

「這是什麼？」

我沒多想就接過，打開保冷袋拿出兩只宛如首飾盒大小、看起來相當高級並撒有金箔裝飾的深色紙盒。雖然長得像首飾盒而且還綁著金色的絲帶，但會放在保冷袋裡，代表它應該是需要冷藏的東西。

是巧克力還是小點心嗎？

可是包裝很日式，而且仔細看還附有短竹籤。

「——和菓子？」我猜道。

「嗯。」地獄統治者一臉事不關己的表情，「想現在吃也可以、帶回家吃也可以。」

理論上應該說聲謝謝收下就好，但此時的我心中充滿的不是食慾而是疑惑——

為什麼要請我吃和菓子？

只是順便請我、還是專程買給我呢？

還有更重要的一點——

「那個，盒子裡，裝的該不會是大福吧？」

地獄統治者終於正眼看我，「胡說什麼呀。」

「不是，因為之前店長你……」還做了大福名牌給我現在想不認帳嗎？

「不是大福，」地獄統治者看著我，「雖然是因為看到展示櫃裡的大福才停下來的，不過不是。」這句話真令人不爽。

「可是，為什麼要送我？」

「不想要的話還我。」

「哪有人送了又要回去的。」

和菓子，如果是上生菓子的話一個好幾百，一般菓子也要一百元左右，平常根本捨不得花錢買，怎麼可以就此放過！

「還是現在吃掉好了。」地獄統治者自己下了決定，「馬上吃吧。」

「可是應該要泡杯茶慢慢享用。」而且是在沒有你的地方悠雅安靜地享用。

「現在吃。」

該不會是要看我毒發身亡的表情吧？

不過殺我的動機到底是什麼呢？

難道為了叫他「地獄」、「無良」的事怨恨到現在嗎？

他作勢要搶過盒子，「不吃就還我。」

「好啦好啦現在吃就現在吃。」這世上竟然有人強迫女生吃和菓子，實在很難讓人安心品嚐啊。

用指尖輕輕拆開柔滑的金色絲帶，打開第一個盒蓋時一隻有粉紅色耳朵的雪白豐滿小兔立刻映入眼簾——

「哇好可愛。」這麼粉嫩可愛的小白兔，才捨不得吃呢。

「這叫雪兔。」

「超可愛的，白白嫩嫩。」

「……嗯。」地獄統治者發出了含糊的回應。

我直覺地將目光移至他的臉，沒想到地獄統治者竟然露出一絲驚慌失措的神情。彷彿要掩飾什麼似的，他揮揮手，說道：

「另一盒也打開吧。」

第二只盒子裡放著一朵鮮紅色的圓型飽滿花朵，花瓣上紋路細緻，中心點綴著黃色細碎花心，一旁還襯上了可愛的小綠葉。

「那這個叫什麼名字？」

「寒椿。」

「好漂亮……以前雖然在電視和書上看過，但從來沒有這麼靠近看，真美。」

我把掌心上的盒子舉起，仔細端詳著。這大概是學設計的通病，只要看到漂亮的東西就會忍不住一直盯著看。

「……嗯，確實，近看相當漂亮。」

第一次聽到地獄統治者這麼溫柔的語氣，看來美好的事物果然強大，連無血無淚、缺乏人性的地獄統治者都會為之感動。

「捨不得吃耶。」

「不行，買了就是要吃。」

「可是很可愛，想一直看著。」

「快吃掉。」地獄統治者語氣又開始變得冰冷，「以後再買給妳。」

「真的嗎？」

「嗯。」

好吧既然如此我拿起保冷袋裡另外裝好的竹籤，一想到要品嚐這麼美麗的食物就覺得心跳不已，但同時也有種異樣感在內心慢慢浮現。

一面打開裝著竹籤的小紙包，一面突然驚覺剛剛的對話非常詭異……

——捨不得吃耶。

——不行，買了就是要吃。

——可是很可愛，想一直看著。

——快吃掉。以後再買給妳。

——真的嗎？

——嗯。

我跟地獄統治者的對話怎麼聽起來有很大的問題呢？特別是那句「以後再買給妳」，實在是說不出的怪異。至於我脫口而出的「真的嗎」也很奇怪，那個氣氛一整個詭異啊……

「不會連竹籤包裝都拆不開吧？」地獄統治者伸手拿過竹籤替我拆開包裝，再塞進我手中，「好了。」

「……」捧著和菓子忽然不知從何下手，難道真要把可愛小白兔切開嗎？

「怎麼了？」

「沒，只是覺得要破壞這麼可愛的和菓子很可惜。」

「說了以後會再買給妳。」

你到底知不知道一直這樣說很奇怪啦？！

「——嗚嗚是草莓餡！酸酸甜甜的！」雪兔對不起，可是真的好可口。濃郁細膩的草莓風味在舌尖舞動，太幸福了。

接著，換吃一口「寒椿」吧……

「啊啊，好有品味的咖啡香味，微微的苦澀讓甜味更柔和了，有種大人般的戀愛feel耶……如果說雪兔品嚐起來像是微酸甜美的少女情懷，那寒椿絕對是讓人意猶未盡的時尚愛情了。」

「還真能評論啊。」地獄統治者雙手抱胸勾起充滿魅惑的笑，「真有這麼好吃嗎？」

「——要吃吃看嗎？」雖然這樣問很奇怪，但只有我一個人被和菓子的美味震撼不已更奇怪。

「不用了妳吃吧。」地獄統治者換上「妳是餓很久了吧」的表情看著我，「慢慢吃，我不會跟妳搶。」

唔——如果這個時候說想喝茶會不會很過分？

「啊，還有這個。」地獄統治者又從後座撈出一只小保溫杯，「本來要帶回家喝的，給妳吧。」

「……飲料嗎？」就算不是茶也沒關係了。

「對，快喝吧，我一點都不想看到大福被和菓子噎到的樣子。」

你——

算了，看在和菓子的份上我暫時不跟你計較，哼！

□

日誌

◎月◎日　週五

下午發現一家新的和菓子店，

展示櫃裡放著各式各樣的大福，

忍不住走過去看看，

本想買一盒草莓大福去逗大福，

但一想到大福看到大福一定暴怒，

於是不知為何買了店員推薦的雪兔和寒椿。

只是回來的路上才想到，為什麼要買這個？

要拿給大福嗎？要怎麼拿給大福呢？

□

「什麼？！」

「喂喂冷靜一點啦。」

智妍瞪大眼，「所以，昨天，半夜，妳跟王子殿下，兩個人，單獨，去河邊，吃和菓子，然後，再送妳回家——」

「妳斷句斷得很微妙耶。」我說，「不過大致上是這樣沒錯。我跟妳說，那個和菓子超好吃的。」

「現在是討論和菓子的時候嗎？！」智妍用力拍了下手，「這是約會，沒錯吧！」

「什麼約會，我只是去 SEVEN 拿兩本書然後回家路上碰巧遇到他而已呀。」

「可是，怎麼想都不對呀。」智妍說道，「難道妳不覺得，王子殿下帶著那兩個和菓子跑來跑去實在很有問題嗎？」

我開始轉動手中的感壓筆，「沒錯，非常詭異，我深深的、深深的覺得很莫名其妙。」

「那分析來聽聽吧。」

「首先，他為什麼要買和菓子。是要自用，還是本來就打算送人？如果是自用，比較說得過去，如果是買來送禮的話，應該不會給我吃才對。」

智妍挑眉，「說不定本來就是要買來送妳的。」

「拜託他有什麼理由要送我和菓子啊。沒有動機，駁回。」我轉著筆，「所以我認為他應該本來打算自己吃吧。」

「可是這樣還是很怪，既然是自己想吃的，為什麼要分給妳？而且照妳的說法，總共也才兩個，還統統給妳，理由是什麼？」

「這我也想不透。如果是基於客氣或禮貌——雖然他嚴重缺乏這兩樣——應該是一人一個分著吃比較合理吧。難道說，那時我的臉看起來很餓嗎？」

「是吧，所以我覺得『自用』的說法也不太準確。」智妍說道，「我還是覺得，本來就是要買給妳的。」

「這又回到同一個問題啦，他幹嘛要送我和菓子……沒理由啊。要的話，也是買一盒在店裡跟大家分吧。」

智妍高深莫測地笑了，「這就是關鍵！為什麼只買給妳、而不是買給大家呢？」

「因為本來就不是要買給我的吧。」我放下感壓筆和繪圖板，揉揉臉頰，「可能真的因為我那時看起來嚴重營養不良喔。」

「最好是。如果真的是這樣，那直接把東西給妳叫妳回家吃就好啦，幹嘛還載妳到處跑？」

「我必須承認這點我也想不透。」

「虧妳還是伊坂圭吾的讀者，讀了那麼多本還是沒學會什麼推理技巧嘛。」

「——是東野圭吾跟伊坂幸太郎啦！」

結果花了一下午討論地獄統治者的「犯案動機」但卻一無所獲。智妍完全把她的推論建立在「王子殿下應該對妳有好感」這種異想天開的薄弱基礎上，讓我不知道說她什麼才好。

雖然說、智妍的說法勉強可以解釋最近這陣子地獄統治者愈來愈讓人不解的行為，不過身為一個心智健全的文藝氣質（？）女大生，再怎麼對愛情充滿幻想泡泡，多少也還有點看清現實的能力。

那麼現實究竟是什麼呢？

現實有兩種：一種是建立在日常環境和普世價值觀上的外在現實；另一種則關於我自己的真實面，自我的真實。

而智妍的搞笑假設根本不可能發生，這就是外在的現實——如果我是那種能吸引到地獄統治者目光的女生，我早就被告白幾十次、交了十個以上的男朋友吧，何必等到現在？

至於關於我自身的現實……

高中時暗戀的學長和聰慧可愛的資優保送生學姊交往；大一時小曖昧的學伴最後被他社團的學姊撲倒後打包帶走；大二時曾經也和某人走得很近，近到我幾乎要下定決心告白了，但一名嗆辣的地下樂團女主唱很積極地對某人展開攻勢，於是我最後得到了一抹幾分無奈的眼神和某人隱約的歉意。

關於我自身的現實就是，我總是沒有主動的勇氣，而我曾經喜歡過的人，也恰好屬於被動的類型。因此只要出現了另一個更強勢更積極的女孩，那麼尚未明確成型的愛情也就隨之結束。

當然，我自身的現實根本不需要拿出來討論——

光是從外在現實判斷就知道，單身了二十年的文藝氣質（？）女大生跟連名模都無法攻下的傲嬌地獄王子完全就是不同世界的物種。

完全不同。

□

今天很難得地獄統治者整天都不在店裡，只有我、友嵐副店、熊本和小雪，每次小雪一來幫忙，店裡就會洋溢著一股跟平時完全不同的氛圍，原本女客居多的 CappuLungo 總是會在小雪開始幫忙之後的兩個小時內完全轉換成男客居多、有幾分女僕咖啡店味道的狀況。不愧是知名 showgirl 啊，在前台幫忙的小雪一直被客人要 LINE，她總是深深鞠躬然後說不好意思真的不方便。

收完店後熊本跟小雪提議一起去吃宵夜，於是友嵐副店載我，熊本載著小雪，我們一起去了市民大道的熱炒店。

並不是第一次被男生載，但當我雙手環著友嵐副店時，卻有種久違的心跳加速感。我想起那天友嵐副店送我回家時的金色雨絲，忽然很期待今天晚上能再看見。這應該不算喜歡吧我想著，就像智妍說的，只是一點點微小的心動。

「喜歡」的成立有時不太容易，偶爾需要很多很多的「小心動」才得以堆疊成型；我想大概是自己的個性關係，有時反倒羨慕像孫嘉羽那樣只要鎖定目標就能勇往直前的類型。

——說穿了妳這叫不夠乾脆。

智妍很久前這樣說過，那是當大一學伴在我和社團學姊中徘徊時，我不知該怎麼做的時候。仔細想想也許真是如此，在眾人眼中看起來好像明快又不拖泥帶水的我，意外地對愛情相當猶豫。

很可能因為一直都相信，我的王子會像《睡美人》裡的菲利普王子，為了我披荊斬棘，甚至不惜和惡龍一戰——而我，只要靜靜地在高塔上等待就好。

果然我太懶。

雖然每個女生都會幻想自己是某個公主，但我的幻想卻偏偏選了一個最輕鬆的公主——每天睡覺就好，等睡醒一睜開眼就有超帥王子，而且整個故事裡做過最累的事也不過就是爬上高塔的樓梯……

可惡原來我這麼不積極都是迪士尼的錯。

市民大道附近很多專賣宵夜場的熱炒店，可能是因為靠近夜生活重心的東區，這裡的熱炒店客人有不少看起來都是夜店咖，或者跟演藝圈沾得上邊的類型。熊本和小雪選的這家熱炒生意很好，一進門就看到兩張大圓桌擠滿人，我和熊本、小雪沒什麼空位可選，在入門處的四人桌坐下，友嵐副店還在店外講電話，好像朋友有事找他。

「小瑩妳來打工也快兩個月了吧？」小雪把劃好的單子遞給熊本，一面嬌俏地吐吐舌，「能在店長手下撐過來，不容易耶妳。」

「真的！」小雪果然是常來幫忙的好孩子，完全知道我的苦衷啊。

熊本一面劃記一面說道：「我們店長其實是紙老虎啦，他外表可怕，但內心還是很溫柔的，可能還有點小脆弱。」

「超沒可信度的，熊本。」我說。

「真的啦，實不相瞞，我就有看過店長很傷心的樣子。」熊本一說完就露出後悔的表情。

我跟小雪互看一眼，異口同聲，「快、點、說——」

熊本臉瞬間變紅，「……說老闆壞話這樣好嗎？」

「這不是壞話啦，這是替他洗刷惡名的好機會耶。」小雪用手肘推推熊本。

「對呀，為了讓我們解除對無良店長的誤會，你就爽快說出來吧。」

「這……好吧。」熊本換上了「在很久很久以前」的說故事表情，緩緩開口——

那是發生在我剛開始到 CappuLungo 打工的時候，有一天晚上，收完店之後我在回家的路上發現把手機忘在店裡，於是就騎車回去拿。那陣子店長剛好都待得比較晚，所以我在店外看到店裡還開著燈，也沒覺得怎樣。

我停好車拿出店門鑰匙，但店門其實沒鎖，有點奇怪。妳們也知道，平常開始收店就會先鎖前門，免得又有客人搞不清楚狀況跑進來。總之呢，那天店門並沒有上鎖，桌椅雖然收好也搬好，可是一進店就看到前台上還放著清點到一半的收據。我也沒多想，大概是店長還在忙吧，我只想說就趕緊進去員工休息室拿手機，結果就在那個時候，我聽到了員工休息室裡有人在講話——

而且，是女生喔。

我當下就只好站在原地，什麼也不能做。

總之，那個女生跟店長說了很絕情的話，後來她走出來的瞬間我趕快躲起來，可惜當時沒看清楚，不知道那女生是誰、長什麼樣子。後來我在原地蹲了很久，確定那女生已經離開不會再回來，才慢慢站起來。

那時我超猶豫的，其實一點都不想進去跟店長打照面，這種氣氛這種情況，我還是放棄拿手機比較實在。可是，因為我蹲太久了，腳有點麻，想走的時候不小心踢到椅子，結果店長就跑了出來——就在那個時候，我看得很清楚，店長眼睛紅到不行，非常傷心的樣子！

「然後呢？」小雪追問。

「然後店長什麼也沒說，回到員工休息室，在小沙發那邊坐了下來，把臉埋進手裡。」熊本說到這裡深深一嘆，「同樣是男生，我知道店長一定很受傷。」

「……聽起來像是店長被甩耶。」小雪說道，「好難想像……」

確實是很難想像。

我在心裡想像著熊本描述的畫面，小小的員工休息室裡，被戀人傷害的無良地獄統治者正感到疼痛無比——

即使那樣冷漠的人，也會有受傷的時候呢。

「點餐了沒？」突然間一名人高馬大、穿著廚師圍裙的粗獷男突然在我們桌邊出現。

「單、單子——」熊本手忙腳亂地把劃好的單子交給粗獷廚師男。

「一個糖醋里肌一個蔥爆牛肉一個蒜蓉蝦一個炒高麗菜一個九轉肥腸一個炒風螺四碗白飯四瓶可樂對嗎？」

「對對，先這些，等下不夠再點。」

粗獷廚師男拿著單子走開後，過了幾秒友嵐副店便走進來，他拉開椅子坐下，完全不知道我們之前在聊的話題，笑著問：「熊本有沒有幫我劃糖醋里肌？」

「有、有。」

這時小雪不知怎麼了突然鎖定友嵐副店，「欸副店，你是 CappuLungo 的創始人之一，那一定跟店長交情很好囉？」

「當然交情不錯，也信得過對方，所以才合夥啊。怎麼了？」友嵐副店問道。

「好奇想問一下，店長已經單身很久了吧？」

「很久了。」友嵐副店點點頭。

「很久是多久？」

「五年了吧，還是超過五年……我想一下，就是CappuLungo開店那年到現在……五年半。」友嵐副店說道，「小雪妳可別想幫沛軒介紹女生喔，最好不要。」

「為什麼？」小雪嘟起嘴，「我有朋友很欣賞他耶，也是showgirl，而且比我還高還可愛。」

「真的不能介紹嗎？我有同學也想對他下手耶。」這時候不攪和個幾句很奇怪。

友嵐副店看看我又看看小雪，「妳們如果想破壞跟朋友的友情就去試試好了。」熊本也露出不解的神情，「店長是立志不談戀愛了嗎？」

「倒也不是……說真的，我都不知道他過了這麼久到底平復了沒。這五年來很多女生都向他示好過，只是都被斷然拒絕了。」

「沒想到受過傷的冰山男行情這麼好……」我不自覺說道。

「因為女生都會幻想自己是唯一一個可以讓冰山融化的人吧。」沒想到熊本竟然說出了這麼飽含哲理的話。

「真的，我們熊熊說得好有道理。」小雪馬上伸手捏了一下熊本。

啊啊好刺眼，終於明白之前友嵐副店說的「用閃光照耀大地」是什麼意思了。在單身了二十年的文藝氣質（？）女大生面前這樣盡情放閃會不會太壞心了點啊？！

「快被閃瞎了吧？」友嵐副店笑說，「小瑩下次也帶男朋友來放閃吧，反擊回去。」

「我沒有男朋友。」

「……啊，原來如此。」這時剛剛的粗獷風廚師來上菜，友嵐副店夾了塊糖醋里肌到我碗裡，「這家的糖醋里肌是我吃過最棒的。」

「謝謝副店，那我要開動了。」

吃完宵夜我有種明天絕對會從大福進階到饅頭的預感，反正事已至此眼前我只求不要壓垮友嵐副店的機車其他也就算了。

「——那我們先走囉～ByeBye！」

「明天見！」

目送熊本和小雪恩愛地揚長而去後，友嵐副店打開座墊拿出安全帽替我戴上後接著扣上帽帶。

「——好了。」

「謝謝，其實我可以自己弄。」

「這些事男生來就可以了。」

我不自覺地摸摸帽帶，突然萌生一個疑問，「那個，友嵐副店一向都帶兩頂安全帽出門嗎？」

正要牽車的友嵐副店泛起了我從未見過，相當陌生的笑容。

那笑容和以往不同，帶著幾許我無法判讀的深意。

「對，沒錯。」友嵐副店答道，「上車吧。」

雖然沒喝酒但也忙了一天，吹著夜風不知不覺有點睡意，但我還是努力打起精神，不然待會兒從車上摔下去就完蛋了。

騎到新生南路附近等紅綠燈時，友嵐副店忽然側著頭問我，「……很睏嗎？」

「哈，一點點。」

「睡著會摔下去喔。來聊天吧。」

「好啊……可是要聊什麼好呢？我想想喔……」忽然八卦性格浮上心頭，我問道：「是說，五年前甩了我們店長的女生，究竟是多厲害的人物啊？副店知道內幕嗎？」

「呵，為什麼會這麼問？」

「好奇啊。」

「我的意思是，為什麼會覺得甩掉沛軒的女孩是厲害人物？」

我想了想，「因為、店長人氣很高嘛，女方應該會跟他很相襯，也是風雲人物，或者長得非常美的類型。」

友嵐副店沉默了一下，才說道：「——吳慧彬跟沛軒是大學班對，沛軒畢業後去當兵，就介紹吳慧彬去Austin Yang，也就是泰軒哥的事務所工作。吳慧彬個子很高，有種特殊的古典氣質，是外國人想像中的東方美女類型，所以泰軒哥偶爾會請她客串走秀。後來，沛軒當完兵，我們一起遊學回來、開始籌備咖啡店，那時泰軒哥的事務所要移至巴黎，吳慧彬說她想跟著泰軒哥去。」

「遠距離戀愛？」

友嵐副店注視著前方的路況，緩緩說道：「……本來我以為，吳慧彬是為了追求理想還是事業，所以想跟著泰軒哥去法國，但很久很久之後才知道，吳慧杉跟沛軒說，她變心了，她喜歡上泰軒哥。」

「呃——」這也太悲慘了吧？！「那、那，Austin Yang 之後就和什麼彬小姐在一起嗎？」

「我沒問……沛軒在吳慧彬去法國後就沒提過她。從那時起，沛軒就再也沒跟任何人交往。這一兩年算好多了，本來他根本連看都不想看到任何女生。」

好吧這印證了可恨之人必有可憐之處。

所以他不是特別討厭我，只是看到女生就會不自覺人格扭曲嗎？

「……原來帥哥也是會有失戀的時候。」

「是人都會有啊。」友嵐副店忽然說道，「不知道沛軒會不會在意我講他的事，好像不應該講出來的。」

「我不會去笑他啦……」

對手是男神 Austin Yang 耶，又是自己的親哥哥，也太悲催，我這麼善良，才不會沒事去取笑他。

換作是我，一定也會內傷很久（但應該不至於像他那麼久），而且情敵還是自己的家人，連打個小人來洩恨都不行，一定內傷到爆的啊。忽然間，好像可以理解那傢伙平常的「惡形惡狀」了，原來是什麼創傷症候群之類的。

「不過，」我說，「受傷到現在也太久了，五年半耶……是有這麼喜歡那個什麼彬小姐嗎？」

「楊沛軒是對愛情全心投入的類型。雖然我也曾經以為憑他的外表應該可以遊戲人間，天天換女朋友，但他並不是那樣的人。」

「是說，副店外型也很帥，那你有打算遊戲人間、天天換女朋友嗎？」

「哈哈哈哈，小瑩妳太有趣了。」友嵐副店並沒有正面回答我。

「——這款的話，是瓜地馬拉的莊園豆，帶有一些焦糖和堅果可可調，還滿受客人好評的，接單之後我們才會開始烘喔。」

今天一整天不知怎麼回事，好多客人來訂購咖啡豆。

其實因 CappuLungo 的地理位置，來客大都是年輕女性和學生，像「很懂咖啡的中年大叔」或者「喜歡高雅氣氛的貴婦」類型根本就很少，但不知為何今天來訂咖啡豆的全都是這型的人客，也都是陌生面孔，完全沒印象。

「小瑩！」很難得地智妍竟然來了。

我看了看錶，「妳這時不是應該在『波黑街』寫作業看小說嗎？怎麼會跑來？」

波黑街是智妍的愛店，那裡的奶霜巧克力永遠都能擊敗智妍發誓減肥的決心。

「波黑街今天不知道為什麼休息哩，剛剛白跑一趟。我要一杯冰焦糖摩卡。」

智妍說著拿出了錢包。

「好，這邊為您結帳，一共是——」

「不用了。」忽然間失戀長達五年半的地獄統治者在我背後出現，「不是妳朋友嗎？本店招待。」

「啊？」這人完全改過向善了嗎？我和智妍同時呆了一下。

為情所困的地獄統治者打開點心櫃，夾出草莓慕斯和栗子蒙布朗，「這個也招待。」

——店長你不會嘴裡說招待但一轉身就偷偷扣我薪水吧？

「謝謝，真不好意思。」智妍像是察覺到什麼似的，眼神一亮，笑著道謝，「小瑩面子真大。」

「最好是。」我小聲說。可惡栗子蒙布朗我覬覦很久了。

「幹嘛一直訂著蒙布朗看？」萬惡的失戀地獄統治者瞄我一眼，然後一副餵食寵物的表情，又夾了第二塊蒙布朗，「妳們去那邊坐，我連摩卡一起拿過去。」

結果，我們入手了兩塊蒙布朗、兩塊草莓慕絲、一杯冰焦糖摩卡和一杯熱拿鐵。

雖然覺得地獄統治者很大方，但我還是忍不住，「……為什麼不是冰拿鐵？」

「少喝冰的。」又是面無表情，「只能休息十分鐘。」

等地獄統治者走開，把友嵐副店挖來前台幫忙後，智妍終於哈哈大笑。

「……妳是怎樣？」

智妍伸手大力拍了拍我，「該怎麼說妳才好？大器晚成嗎？還是閩南語裡說的，『大隻雞慢啼』？」

「什麼啊妳？波黑街不過一天沒開妳就已經瘋了喔？」

「沒有啦！」智妍把椅子拉向我，小聲說道：「我們王子殿下，喜歡妳吧？」

「曹智妍，拜託妳清醒點。」人家可是失戀五年的神奇人物耶，少來了。

「妳不覺得他對妳超好的嗎？這些東西加起來好幾百耶，而且剛剛還很Man的跟妳說『少喝冰的』，一整個就貼心啊！」

「——是怕我生理痛請假，店裡沒苦力吧。」不過，第一次被男生管，感覺相當微妙。

「才不是呢，妳真的很遲鈍耶——」

「啊喲！」

智妍話還沒說完，就被從遠處傳來的響亮呼聲打斷。

呼聲的主人是攻勢明顯的「司馬昭」孫嘉羽，她大概是看到我跟智妍坐在小圓桌旁竊竊私語的樣子，以為智妍跟她一樣對地獄統治者心懷不軌，是司馬昭二號吧。

「小瑩現在是休息時間嗎?!」孫嘉羽一個箭步衝來我身邊，還伸手搭上我的椅背，「跟朋友聊天嗎？」

我拋了個眼色給智妍，智妍一臉想笑但又忍住。我說道：「我朋友曹智妍，這位是我同學孫嘉羽。」

「叫我嘉羽，就可以了。」語調雖然柔和，但孫嘉羽毫不掩飾攻擊性地審視著智妍，「──曹，智妍是吧，妳好。」

智妍大概被孫嘉羽的態度激怒了，冷笑著啜飲她的焦糖摩卡，一會兒才看著我說道：「上次楊沛軒只帶妳一個人去河邊吃和菓子真是不公平，下次記得約我喔。」

臭智妍妳在司馬昭面前講這個幹嘛，是想我死嗎？

果然──

司馬，不，孫嘉羽立刻瞪大眼睛盯著我，「店長跟妳嗎？」

「喔嗯……」我含糊應了聲，然後從座椅上起身，「今天人手不夠，超忙，妳們慢慢坐啊，不奉陪了。」

雖然很想繼續欣賞年度大戲「曹智妍三氣司馬昭（誤）」，不過看來智妍的戰略是扯我下水，我還是認命早點逃走比較實在。

我回到前台，友嵐副店笑說：「妳人緣很好嘛，兩個朋友一起來找妳。」

「才不是咧，」我真是萬般無奈，「智妍是朋友，孫嘉羽的話——是同學，這兩種分類，不一樣。」

「什麼？！」本來背對我正在準備咖啡的地獄統治者霍地轉身，居高臨下地瞪著我，「所以那個濃妝女不是妳朋友？」

我小聲說道：「……智妍才是，孫嘉羽只是同學啦。」

「真煩，幹嘛不早點說。」

這時我才看到地獄統治者的小托盤上也放了跟剛剛同樣的點心。他皺著眉，一臉不悅地將草莓慕斯和栗子蒙布朗夾回櫃中。

……什麼嘛，原來不是。

不知道是不是我聽錯了，怎麼覺得再度背對我的地獄統治者發出了不甚清晰的抱怨——我又沒叫你招待孫嘉羽，從頭到尾都是你自願的耶，哼，莫名其妙！

在前台和倉庫分別忙了約半小時後，智妍笑吟吟地來到前台跟我打招呼。

「我要走囉，今天完全是託妳的福啊，謝啦。」

「還笑，」我探頭看了眼孫嘉羽，她還坐在那張小圓桌邊，有點發怔。「妳跟孫嘉羽講了什麼？」

「就閒聊啊。」

「閒聊哪些事？」

「夜深人靜時有一對男女開車去河邊吃和菓子的事，之類的。」

差點想伸手越過櫃檯揪住智妍的衣領，「曹智妍！」

智妍呵呵笑著，「有什麼關係嘛！又不是我捏造的假消息——」她瞟了眼正在刷洗手沖壺的地獄統治者背影，小聲說道：「跟妳說，我把和菓子事件跟孫嘉羽講完之後，她一臉凝重——妳知道這意味著什麼嗎？」

「意味著什麼？」

「這還想不透嗎？她也覺得，某人，喜歡妳呀。」

「……曹智妍趁我衝出櫃檯動手揍人之前妳快給我滾回去！」

「哈哈哈，那就再見囉。」智妍像是想到什麼似的，忽然提高聲音，「店長，謝謝你的招待！」

地獄統治者以雖然俊俏但很僵硬的臉看向智妍，「嗯。」

「既然受了你招待，我會在小瑩面前好好誇獎你、幫你美言的，下次再見囉。」

「再見。」地獄統治者簡潔答道。

你跟她再什麼見啊？！

這個時候你明明就應該跳出來反駁才對啊！

好比說「妳胡說八道什麼」、「妳是不是瘋了」、「幹嘛要在崔瑩面前誇獎我」之類的隨便什麼都好啊！為什麼啥也沒講就這樣跟智妍說再見？！為什麼？！

□

後來孫嘉羽連杯咖啡都沒點，靜靜坐了一會兒就走了。

堂堂司馬昭今天表現這麼反常，實在讓人不解。

而讓人感到不解的不只孫嘉羽，地獄統治者也有點莫名其妙。

無法很明確的說明他到底是哪裡不正常，但總而言之就是讓人覺得怪怪的。

收完店我打開置物櫃，看到阿瑁傳 LINE 給我。

——姊妳今天要不要回來？不是很緊急啦，但有空還是回來一下比較好。

今天傳說中的單親醫生來我們家拜訪了，被老媽痛揍一頓，現在家裡氣氛一整個可怕。

我無力地嘆了口氣，回了個訊息給阿瑁說會回去，接著脫下圍裙摺好，再把錢包和手機扔進背包中。

走出店門時友嵐副店正背對著 CappuLungo 講電話，而令人困惑的地獄統治者也剛好走了出來，他看我一眼後隨即移開目光，「快回家。」

「我是想回家啊，但要先去路口攔計程車。」

地獄統治者倒是沒有想像中笨，「要回碧潭的家？」

「嗯，家裡有點事。」

「那就上車。」

「上車？」

「又不是沒上過。」地獄統治者按下電子鎖，伸手拉開副駕駛座的車門，「快點。」

「我可以自己回去。」

「少囉嗦。」

「如果就這樣乖乖聽話上車會顯得我奴性重！」忽然有個念頭竄上我心，我想著智妍的話，決定再度發揮探案精神，於是很努力地換上稍微可愛一點的口吻，「不然，你請我吃霜淇淋我就上車。」

地獄統治者不知道是因為我瘋了還是被我的食慾震撼到，臉上閃過一絲不可思議的表情，幾秒後他以非常細微的動作點了點頭，用某種模糊不清的口吻答道——

「好。」

好。好？好？！

你幹嘛要沒事當我的司機而且為了讓我上車還願意答應這種蠢要求啊？說真的這樣我不懷疑你暗戀我都很難了耶。

問題是，表特板人氣男神、傲嬌冰山王子殿下兼無良萬惡的地獄統治者暗戀我，這怎麼想都很怪啊！

再說了，以外在現實來看，這人上個女朋友是足以被名設計師 Austin Yang 請去走秀的古典風女神耶，我算是什麼——人生二十年來沒交過男朋友、少數曖昧對象還都被別人搶走的失敗系文藝氣質女大生嗎？也太悲催了吧。

這傢伙，該不會是失戀了足足五年半之後，精神錯亂了吧？

「——要吃什麼口味的？」

「啊？」

「我說、要吃什麼口味的？」地獄統治者不知不覺已經把車開到了一家超長霜淇淋店前，原來我糾結了這麼久啊。

「巧克力吧。」隨便啦我又不是真的想吃。

他也沒答句好還是知道了，就這樣下了車。透過車窗看著地獄統治者幾乎完美的背影，我有種好像被什麼上帝還是命運之手丟進了一場詭異鬧劇中的感覺。

並不是說楊沛軒這個人不能喜歡我，而是，怎麼想都不合理。

喜歡，不就是覺得某個人看起來特別好看、想時常看見那個人、幻想跟那個人走在一起、想要只有兩個人獨處的時光嗎？

如果地獄統治者真的對我有好感，或者「喜歡」我的話，那麼他——

「我覺得崔瑩看起來好可愛」、「我想常常看著崔瑩」、「想要跟崔瑩走在一起」、「想要跟崔瑩獨處不被打擾」……萬惡無良、老是欺負我的地獄統治者會是這種心情？我實在接受不了啊……

「巧克力賣完了，現在還有草莓、香草、芝麻、綜合莓果，要哪一種？」地獄統治者突然打開車門問道。

我忽然心跳加速，「那不用了。」

「要哪一種？」

「真的不用了。」

「不講我就隨便買。」

「都說不用了，」我說道，「改成明天請我吃和菓子吧。」一說完，才驚覺跟霜淇淋比起來和菓子貴很多。

地獄統治者沒反對，想了一秒後跳回車上，「那先送妳回去。」

「嗯，謝謝。」我小聲地說，而且發現自己一點都沒辦法直視這個人。

□

「姊！」

一打開家門就看見阿瑁異常熱情期待的眼神。

「客廳怎麼只有你？」我問道。

「大姊送醫生先生出去還沒回來，爸跟媽在房裡。」阿理向我招手，「去我房間講。」

哇塞這小孩，上中學後就不讓姊姊們進他房間了，每天都吵著喊給我隱私權的小鬼竟然請我去他房間，還真是難得。

「你房間也太乾淨了吧，這像是個正常的高中生嗎？」一走進阿理的房間就傻眼了，完全就是窗明几淨，閃閃動人，還有點香味呢。

「因為一邊收拾房間一邊想事情是我的習慣。妳坐吧。」

阿理拉開他的書桌椅，我則是在他那萬分平整的床邊坐下，「今天晚上那個醫生先生怎麼會突然跑來？」

「好像是老媽前兩天有去醫院找他，他才知道原來我們家裡這麼反對。老媽呢，一看那個醫生完全狀況外就更怒了，她一直說『你就忍心讓我們家崔琳獨自面對這些嗎』之類的話。」

「完全韓劇啊真是。」

「所以，今天醫生先生就很正式地上門拜訪了。」

「身為未來的小舅子，你覺得醫生先生怎麼樣？」

「嗯……」阿瑁想了想，說道，「是可以理解為什麼大姊喜歡他啦……就是很有質感、很沉穩內斂的類型，有點梁朝偉那種憂鬱感，長得也滿帥的——啊，不過沒有上次來接妳那個帥。」

「說什麼呀你。」

「上次啊，一大早來接妳的男生，那個經理還是老闆的，很帥耶，身材很棒。」

阿瑁一臉『終於啊』的表情，「看到姊有著落我也就放心了。」

我翻個白眼，「並不是那種關係好嗎。」

「最好是有人一大早七點就在員工家門口等接送的。」

我揮揮手，「現在重點是大姊啦。」

「反正，後來就演韓劇啦——『伯母求求妳，我是真心的』、『你滾！我絕對不會把女兒交給你！』之類的劇情。最後老媽跳出去暴打人家一頓。」

「呃，真的有打喔？」

「應該是不至於受傷啦，但還是捶了人家好幾下。」

「唉。那姊呢？」

「她就默默垂淚啊，後來鬧完了，大姊送醫生先生出去，老爸就負責安撫老媽。」阿瑁說道，「欸姊，我覺得這還會持續好一陣子耶。妳都不知道，上次妳回去之後，我們連吃了三天老爸的炭燒料理有多慘，而且家裡氣氛差到連我這麼宅的人都想蹺家躲遠一點了。怎麼辦？」

我不由得再嘆口氣，正要安慰阿瑁時聽到了玄關開門聲，「是姊回來了吧。」

「要叫她嗎？」

「算了沒關係，她現在一定比我們這些局外人更混亂。」

「妳最好了，住外面，不受影響。」

「死小孩，我人在學校心在家，還是一樣會擔心啊。」

「算妳有良心。」

這時，阿瑁的房門輕輕被開了一道縫，是姊。「看到小瑩的鞋子，知道妳回來了，不好意思，又讓妳擔心了。」

「姊——」我衝過去拉住姊的手，「妳瘦了。」

「因為炭燒早餐沒營養。」姊姊苦中作樂地說，明亮的眼神夾雜倦意，「好了，我沒事。妳今天要住家裡還是回去學校那邊？」

「住家裡啊。」呃，某人應該不會又在樓下等了吧？還是等等打個電話比較好。

我對姊姊笑道：「明天換我做早餐，保證蛋跟吐司一定是白的。」

阿瑨插嘴，「白歸白，可別還是生的就端上桌啊。」

「臭小孩！」

「妳別過來，我可是本校有名的俊俏美味小鮮肉啊！絕對不可以打臉！」

「放心，讓姊姊我好好的『疼愛』你一下！」

鬧騰了一陣子，我跟阿瑨總算看到姊姊大笑，同時暗自鬆了口氣。我回到自己的房間準備洗澡，但才拿完衣服就開始坐在床邊發呆。

剛剛下車時雖然說了謝謝和再見，但那時並沒有說「你不用等我快回家吧」這樣的話（因為怕被嗆說我本來就沒要等妳）。

如果我主動傳 LINE 給地獄統治者說不要等我會不會很蠢？

說不定人家本來就沒在等、早就回家了。

可是如果不傳，那笨蛋像上次一樣在車裡窩了一整夜怎麼辦？

所以還是傳個訊比較好。

可是，要怎麼傳，要傳什麼，才不會被恥笑呢？

想了想，我把手機和鑰匙塞進口袋，決定下樓一趟——我「當然」是因為要去便利商店才下樓的，絕對不會是因為想去看看某人回去了沒。嗯，很好，抱持著這種心態就對了。

才一走出電梯就看到地獄統治者在玻璃大門外靠著車的背影。

理應快步走向他的我站在原地，再度覺得自己被拉扯進了現實以外的狀態。

並不是沒有男生在住家樓下等過我，但那都是基於某種默契的情況下：已經確認了彼此正在準備邁向愛情，或者默許對方比其他人更靠近自己一點。

但現在的情況是第一次。

如果推論沒錯，那麼這個人，到底是什麼時候把目光放在我身上的呢？

一面想著，一面驚覺自己已經開始考慮另一件事：

這個人放在我身上的目光，又會在何時消逝？

可惡真是讓人心情不悅。

就算知道目前的關係別說愛情，連曖昧都還算不上，可是一旦意識到了開始，就免不了預期著失去。

剎那間我想轉身上樓。

如果總有一天要失去，那麼從來沒擁有反而比較好。

對啦我就是膽小。

「啊！」

但就在我轉身前一秒，地獄統治者先轉身了。

他從面向馬路的姿態轉身看向一樓的玻璃門，從他的表情看來，應該也看到了我。

有點像是命中註定似的，我挪動腳步，走出一樓大門。

「哈囉，久等了。」

「包包呢？」

「在樓上。」

「不帶回去嗎？」

「今天我住家裡好了。」

「家裡，」他閃過一絲猶豫，但仍流暢提問：「還好嗎？」

「嗯、還不到需要叫警察的地步。」

他竟然勾起一抹笑！

天哪，那笑容像極了在薄雲後的月亮，非常好看，即便朦朧也讓人覺得無比美好。

「那就好。」他斂起笑容，注視著我，「我有點擔心要不要衝上去。」

這個時候就算我完全沒有任何一點推理頭腦，就算我的戀愛天線被颱風吹斷無數次，也完全能確定了。

「我說，」好吧我承認我現在腦中一片空白，「你為什麼要對我這麼好？」

又笑了，該死的你可不可以不要笑得那麼好看？！

「不是覺得我對妳很不好嗎？」

「本來一直讓我當苦力還叫我大福，是很不好！」我嘆了口氣，「可是，最近好像不一樣了。」

「所以妳知道我對妳好。」他露出曖昧又興味盎然的神情。

可惡我這個時候一定臉紅了。

地獄統治者看著我，什麼也沒說，帶著似笑非笑，觀察貓咪似的神情。

這人原來五官合在一起好看，若是分開端詳，也一樣好看——微揚略長的鳳眼、黑而直的睫毛好像比我的還長一點、厚薄適中的唇，笑的時候嘴角會形成可愛的弧度、比例完美的鼻梁（而且皮膚比我還好可惡）！

「……明天幾點要去學校？」

「唔，下午的課。」我忽然清醒過來，揉揉臉頰，要死了我剛剛是看呆了嗎？

「但上午是我負責開店。」

「嗯——」地獄統治者雙手抱胸，「讓妳放假好呢，還是我一早來接妳去開店好呢？」

「當然是放假好。」不過，如果你想來的話……

「我明天早上來接妳。」這人完全不理會我的意見。

「呃，好。」不對，我不是應該很矯羞矜持說不要我自己去就好？！

「明天早上要吃什麼？」

「你要買嗎？」

「不然呢？」

我決定厚臉皮，再進一步試探看看，「我明天要負責做早餐給家人哩。」

地獄統治者一臉「真拿妳沒辦法」的表情，拿出附筆的手機，「多少人？要吃什麼？」

哇，竟然要連我們家人的一起買！

嘟嘟嘟嘟分數上升中！

不過還是別高興得太早，再厚臉皮一次試試——

「你，要請客嗎？」

地獄統治者抬頭冷冷答道：「妳說呢？快點說要買什麼！」

「培根玉米蛋餅加辣、香雞堡加蛋、烤總匯不要蕃茄不要小黃瓜、肉鬆蛋三明治、蘑菇鐵板麵加蛋、蘿蔔糕——」

「等一下。」

「嗯？」

「妳家有多少人？」

「我爸我媽我姊我弟我。」

「OK，繼續。」

「被你打斷，講到哪都忘了。」忽然覺得我的語氣真是不客氣。

「剛剛點了：培根玉米蛋餅加辣、香雞堡加蛋、烤總匯不要蕃茄不要小黃瓜、肉鬆蛋三明治、蘑菇鐵板麵加蛋、蘿蔔糕。」

「唔……這樣應該夠吧，然後再五杯冰咖啡。」天哪真是有史以來最厚顏無恥的一次，我到底是怎麼了?!

地獄統治者倒是沒生氣，仔細地寫在手機上，「妳弟是學生，七點要出門對吧?」

「嗯、差不多。」

「那六點半以前到比較好。」

「呃，」突然間我良心發現，「這樣很不好意思，加上開車時間，你不是一大早、很早很早就得出門了嗎?」

「知道就好。」

「算了，還是我自己準備。」

「我來準備。」地獄統治者以命令的口吻說道，「不過……」

「嗯?」

「那個不要蕃茄不要小黃瓜的烤總匯，該不會是妳要吃的吧?」

呃被識破了!「你怎麼知道?!」

「在店裡吃飯時別以為我沒看到妳偷偷把義大利麵的蕃茄挑掉。」

「……我討厭蕃茄嘛。」

「妳明明就吃蕃茄醬。」

「我說我討厭蕃茄，又不是說我討厭蕃茄醬。」我嘟囔著。

「挑食。」

「怎樣啦，不滿意可以不要喜歡我啊！」

不滿意可以不要喜歡我啊！

不滿意可以不要喜歡我啊！

不滿意可以不要喜歡我啊！

嗚啊啊啊我這個大白痴在亂講什麼？！

我本能地雙手摀臉，別說地上的洞，就算是臭水溝我也想鑽啊！

怎麼能——

我怎麼能蠢成這樣？嗚嗚嗚……

「喂。」地獄統治者開了金口。

但我實在不想見他（應該說是沒臉見他），只好仍舊摀住臉。

幾秒之後，我感到一股溫熱圈住我的雙腕。

是他的手。

他微微使勁將我的手往下移，一瞄到他的臉我就直覺地閉上眼。雖說這跟掩耳盜鈴沒兩樣，但有掩耳總是能讓心情安定點。

「嗯咳，再不睜開眼睛，我就要——」

「就要什麼？」眼睛閉歸閉，但該問的還是要問。

「……把妳臉糾成一團的照片拍下來當成手機桌面。」

我猛地瞪向他，「你敢！」

「原來這招有效。」他勾起俊俏的笑。

「你比我想像中還油腔滑調耶。」

「妳也比我想像中遲鈍。」

「你對我真的很不滿對吧？」我甩開地獄統治者的手。「那你就去喜歡那種走路有花香、一輩子不卸妝的小妞啊去啊去啊。」

他輕笑著，伸手捏了下我的臉，只三秒，「……我走了。」

有點訝異他突然說要走，但我努力表現出無所謂的樣子，「喔。」

「快點上樓去。」

「我、我下來買宵夜，都還沒走到 SEVEN 呢。」

「這麼想吃霜淇淋嗎？」

「才不是。」

不知道是看破我還是怎樣，地獄統治者很難得地一直保持著很輕很輕的笑，

「快點，看妳進去我就走。」

「喔。」

我有些不知所措地轉身，心中突然湧起複雜的情緒。有多久沒人跟我這麼說了呢？記憶就像是試圖透過充滿霧氣又斑駁不已的窗玻璃看向遠方那樣，即使知道那段記憶存在著，但卻無法重新拾回它明確的身影。

「晚安。」他在我背後說。

我回頭，有點小害羞，「路上小心。」

□

結果一整晚都沒睡。

既不是在忙著安慰姊姊，也不是忙著關心老媽，根本就只是呆呆想著自己的事，嗚嗚我真是壞小孩。

雖然，那傢伙從頭到尾都沒有告白，但他應該果然喜歡我沒錯吧？

所以，那座冰封了五年多的巨型銳利冰山，喜歡上我了嗎？

還不是一座普通冰山，是一座征服者前仆後繼勇往直前可是都無法攻下的冰山耶，到底我做了什麼奇妙的事、還是在不知不覺中說出了什麼有魔力的咒語，才會演變成今天這局面？

如果以推理小說來比喻的話，我此刻的心情大概就像發現兇手要謀害自己但卻怎樣都想不起來自己何時得罪過兇手、為何招來殺機的悲哀目標吧。

唉我在幹嘛，沒事竟然把謀殺跟愛情混為一談。

我這白痴。

而且，昨天晚上我是瘋了嗎，完全把底牌亮完了！明明就應該沉住氣、好好觀察他表現的，怎麼就這麼衝動呢……我真是……如果智妍知道一定會把我當成笑柄至少三個月。

我拿出買了很久但完全沒在用的鏡子，開始仔細端詳自己的臉。嗯，雖然有五官，但不管分開看還是合著看都很一般，身為一個對美好事物應該特別敏銳的設計系學生，再怎樣也無法昧著良心說自己可愛漂亮美麗性感。

好悲慘。

我放下鏡子，只差沒有仰天長嘆。

這麼說，是我的美好內心吸引到地獄，不，楊沛軒的嗎？

算了吧，我這輩子雖然沒做壞事但也不是愛心滿溢路見不平會拔刀相助的類型啊，就算難得在某時某地做了什麼好事還是功德，那傢伙也未必看得到才對。

那，到底是——

到底是喜歡我哪一點？

為什麼愈分析愈覺得我自己一無是處？！

該不會、其實因為我長得像大福吧？！淚奔了真是。

沒人喜歡也煩惱，被喜歡也煩惱，現在到底是怎樣啊……

「來硬！」被我丟在書桌前的手機忽然響起。

拿起手機這才注意到已經清晨，而傳來訊息的是楊沛軒。

——**要出發了，大概一小時後會到。**

不知說什麼好，我傳送了一張感謝的貼圖。

——比起貼圖，我更想看到妳傳的文字。

呃，我這是怎麼了，竟然覺得混身發熱同時還想傻笑。

也不過就一句話……

——謝謝。

我想了想，又補了句——可別遲到了。

我必須承認自己是在假裝，因為一點都不希望某人覺得我很好操控，或者輕易就手到擒來。其實以前的我從來不喜歡這樣，但經過幾次的失敗，我漸漸領悟到一件事：太容易被對方看穿的心意，也容易被視為理所當然。

反正妳會在這裡，所以即使我沒時間經營妳也沒關係吧。而結果就是，更需要男孩經營、更有手段的女生出現，然後我就成為「沒有我妳也可以過得很好，但是她沒有我不行」的犧牲品。

我並不想怪罪什麼人，只是明白了愛情並不是誰對誰伸了手，或者握住對方的手之後就能一切順利，種下了種子，必須細心守護，一起抵擋風雨才行。

智妍說，這種體認叫作成長。

真的分秒不差，一小時後手機準時出現 LINE 的訊息。

——**我在樓下**。

我來不及刷牙洗臉匆匆下樓，進了電梯才覺後悔。那麼龜毛的人該不會看到我蓬頭垢面的樣子就反悔了吧？「**我不能跟生活習慣這麼差的女生戀愛，再見。**」之類的。

一想到這裡馬上轉身對著電梯裡的大鏡子順了順頭髮揉了揉眼睛，一晚沒睡看起來真有點憔悴，已經很沒有姿色，現在連氣色也沒有，悲催了我。

「早呀。」好吧我決定以歡樂氣氛來掩飾一切。

「早。」楊沛軒似笑非笑地倚在休旅車邊，看起來神清氣爽，可惡完全跟我是對比嘛。

「真是麻煩你了，不好意思。早餐呢？給我吧。」

楊沛軒左右手各一袋，一袋很大，另一袋小小的，不像是平均分配的樣子。「我跟妳上樓。」

「什麼？！」

不會吧雖然我擔心你見了我就反悔變心，但也不需要一大早就跑來見父母啊，我才二十歲還沒想過結婚的事好嗎！

「很重，我幫妳拿上去。」楊沛軒見我一臉驚恐，於是難得有耐心地解釋。

「只是，拿上去而已？」為了安全起見還是多問一句。

「對——」他故意拉長音，然後說道：「沒人會喜歡早上七點不到就來拜訪的未來女婿好嗎。」

「女、女、女婿？！你少亂講。」可惡完全臉紅，不用照鏡子就知道，臉一定超紅！

「快點開大門，不然自己提。」

「喔好。」嗯挺貼心的，加分加分。

一起坐電梯到了九樓家門前，楊沛軒看著我小心翼翼地打開鐵門，在我從他手中接過早餐時，他忽然提高了左手的早餐袋，開口：

「妳的早餐，下樓吃吧。」

「啊？」

「把家人的拿進去之後，下樓吃。」

「你這個人——」

「不然就把蕃茄跟小黃瓜統統加進去。」

「——卑鄙。」

把大家的早餐和咖啡放上飯桌後我衝出門，在電梯裡想想不對我還是沒刷牙洗臉，於是又折返家裡。一開門只見阿瑁和老爸已經走到飯廳，兩人還一臉訝異。

「這些姊買的？」

不，是某個要追你姊的人哈哈哈。「嗯，快吃吧。我今天超忙，要趕著回公館。」

「小瑩妳不吃？」老媽這時剛好從房中走出，一臉倦意。

「我去打工的地方再吃！」

胡亂洗了臉刷完牙重新綁起長髮，一面換衣服一面想著是不是該洗個頭但某人會等得不耐煩吧。唉真蠢在他說要過來時我就該先梳洗打扮才對嘛。

好吧這次沒想到沒關係，下次記得就好。

——嗯、應該會有下次吧？

跳上車後我故作鎮定，「等很久了嗎？」
楊沛軒瞄了我一眼，「只花十分鐘就能出門的女生還滿少見的。」
你這個臭傢伙！要不是怕讓你等太久，我早就在家洗頭敷臉做 SPA 了！
當然氣質如我（？）並沒有宣之於口，只是伸出手，「我的早餐。」
「沒放蕃茄，沒放小黃瓜……我記得妳喜歡生洋蔥對吧？」
連這個都知道啊，看來注意我很久了，好吧再加點分。「嗯，我喜歡生洋蔥。」
「妳都不擔心接吻會有味道嗎？」
我停下正要接過早餐的動作，狠狠瞪了楊沛軒一眼，「你真的對我很不滿耶。」
「對妳不滿就不會做早餐給妳吃了。」他打開塑膠袋，裡面是玻璃保鮮盒，放著相當賞心悅目的漂亮三明治。
「——這你做的？」
「昨天回家的路上先去二十四小時營業的超市買材料，早點四點半起來做蛋黃醬、烤麵包、切洋蔥……」
「好了好了，」這這，再說下去我還有臉吃嗎。我小心翼翼接過保鮮盒，認輸地說道：「真的，非常感謝你。」

「快點吃。」

又來了，這口吻害我想到和菓子事件，楊沛軒好像特別喜歡餵食我（該不會把我當成豬吧）。

「那你的早餐呢？」

「妳不會以為那整盒都是給妳的吧？」楊沛軒看了我一眼，笑出聲來。

「很歡樂嘛你。」

他發動車，「妳看起來沒睡好。」

「是喔。」手上拿著三明治，正想說要保持良好形象。

「該不會是整晚沒睡在研究我吧？」

「──你是想讓我嗆死嗎？」

楊沛軒嘴角漾著笑，「我發覺妳很厲害。」

怎樣食慾特別旺盛是嗎？

「哪裡厲害？」我想起孫嘉羽啄三明治的樣子，決定來仿效一下，結果只啃到一小角麵包，什麼料都沒吃到。

「知道有人喜歡自己還能毫不在意，依舊做自己，很厲害啊。」

「你的言下之意是我嚴重缺乏少女心是嗎？」

「嚴重缺乏少女心是壞事嗎？」楊沛軒若有所思，「少女心太過強烈，比較麻煩。」

「……」算了不知接什麼才好，完全不懂他到底想稱讚我還是想取笑我。

「所以妳知道？」

「知道什麼？」

總算咬到火腿和培根的邊邊了喔耶！用這種小鳥吃法到何年何月我才能吃到三明治正中央最完整的美味啊？

「我喜歡妳。」

「知道啊。」

糟了我竟然又不經大腦脫口而出。神啊我這輩子不太求祢祢平常也沒理過我，但至少這次聽聽我的請求，讓時光倒轉三十秒吧！拜託祢了。

當然神明還是一如往常沒理我。

我偷偷看向楊沛軒，他還是似笑非笑。

「……你、你到底想說什麼啦？」我投降，投降輸一半吧。

「看妳想了一整晚也沒結論，為了避免妳把疑問悶在心裡憋成內傷，我可以直接說答案。」

「你又知道我要問什麼、在想什麼了。」嗯是洋蔥，他加了洋蔥，好好吃。

「妳不是想知道為什麼我會喜歡妳嗎？」

咦這人莫非有偷看人心的超能力？！「沒、沒有啊。」

「在某個不是很能確定的時間點，覺得妳很可愛，不知不覺愈來愈注意妳，就這樣。」

雖然聽到這樣的話不禁臉紅耳熱，但是什麼叫「就這樣」？這口吻就像銀行櫃檯叫號碼一樣一點都不浪漫不可愛啊！

「……妳臉很紅。」

「臉紅不行嗎？」不害羞你有意見，現在害羞你也有意見。

「呵。」楊沛軒空出手，從儀表板上方平台的面紙盒抽了張面紙給我，「盡量吃沒關係，我又不是沒看過妳吃飯的樣子。」

真是洩氣，虧我拚命裝小心啄啊啄的，竟然就這樣被一眼識破。

「……不錯吃。」終於大口一次咬到所有材料之後，不得不打從心裡稱讚他。

「只是不錯而已嗎？」

「好啦很好吃可以了吧。」

「那要全部吃掉嗎？」

「我都吃了那你吃什麼？」還真以為我是豬嗎？！你老實說你根本是粉紅豬小妹卡通的粉絲吧！

「總不能讓妳餓著。」

「吵死了。」

□

日誌

◎月◎日　週三

晚上送大福回碧潭。

跟我想的一樣，長得雖笨但腦筋不笨。

其實在她說出「不滿意可以不要喜歡我啊」的時候才得以確認——

啊，原來我真的喜歡上她了。
原來，我還能喜歡上某個人。
從碧潭回家的路上我心跳飛快，
已經不知道有多久不曾為了某個人笑，為了某個人憂傷，
我以為沒有情感波動的日子才是好日子，
但此刻的我很慶幸，我能再次為了某個人笑，為某個人牽掛。
P.S. 回來前捏了大福的臉頰，哈。

07

「欸妳在忙嗎？」一大早就出現在店門口的智妍還一臉沒睡醒的樣子。

「妳怎麼跑來了？」

「快上我們學校的 BBS 看一下。」

「BBS？怎麼了嗎？」莫非學校宣布停課三年？！

智妍臉色難看，「——妳快看就對了。」

「可是我現在在準備開店……」

「王子殿下呢？」智妍很難得地大動作張望著，「萬惡的店長出來一下，有事找你！」

完全不明白智妍在幹嘛，「到底發生了什麼事啊？」

「一大早誰在大呼小叫——」地獄，不，楊沛軒從小倉庫走了出來，看向智妍，「有事嗎？」

智妍動作俐落地從包包掏出手機，滑了幾下，遞給我跟楊沛軒，「你們現在是網路名人了。」

「什麼網路名人……」我接過手機，跟楊沛軒一起看向螢幕。

作者 FEATHER0629（暗香羽）
看板 Boy-Girl
標題〔傷心〕被朋友背叛
時間 Wed Oct 7 21:49:58 2015

事情是這樣的，從很久以前我就對學校後面某店店長很有好感，
後來這學期有一個同班女生去那家店打工，她一直說要幫我，
還會叫我常常去店裡找她玩，順便介紹我跟店長認識。
但是就在今天，我去那家店時，那女生的朋友說，那女生跟店長半夜單獨約會。
剎那間我好難過，我完全被背叛了——
虧我對她那麼好、掏心掏肺，把她當姊妹，
嘴裡說什麼要幫我，結果一轉身就自動送上門，
怎麼會有這麼黑心的人？

更重要的是，我之前還問過她喜不喜歡那個店長，
她明明就說不喜歡的呀！
這件事我跟其他朋友說了，大家都說我笨，竟然連情敵朋友都分不清。
又說那個店長很帥，哪有女生會不動心的。
其實能不能跟那個店長在一起不重要，
重要的是，我很痛心為什麼人與人的信任這麼薄弱！
同班同學又很要好，到底為什麼要這樣耍我呢？
氣哭了，對人感到很失望。

※ 發信站：西蘭花工廠（clf.cc），來自：19.169.194.235
※ 文章網址：https://www.clf.cc/bbs/Boy-Girl/M.1436204357.A.733.html
推 curryisfood：天哪真的是超級賤人 10/07 21:54
→ curryisfood：不過我們學校後面有哪家店店長很帥嗎 10/07 21:54
推 isaka80709：馬上直覺想到某貓咖啡的店長 10/07 21:56
推 medlinekk：貓咖啡店長 +1 10/07 22:01

推 yuanyuan0214：是傳說中的王子店長嗎 10/07 22:03
→ yuanyuan0214：王子店長很難攻略耶 10/07 22:03
→ yuanyuan0214：原 po 的同學真的很爛，這種人心機超重 10/07 22:04
推 ariatsunami：同情原 po，唉我也吃過心機女的虧，賤貨 10/07 22:09
推 Rose0504：原 po 拍拍。貓咖啡店長 +1，是說我本來以為 10/07 22:12
→ Rose0504：貓店長跟副店是 BL 耶 10/07 22:12

後面還有很多留言，但大部分都在痛罵 PO 文者的同學，所謂的心機女，另一小部分是在猜測學校附近的帥氣店長有誰，果不其然有人去把表特板的楊沛軒介紹文轉來，於是傳說中的貓咖啡店長完全呼之欲出。

我靜靜看著 BBS 顯示的發文者帳號，這帳號在班板上時常出現、一點都不陌生。

是孫嘉羽沒錯。是孫嘉羽。

既然我對她的發文 ID 有印象，其他人也可能會有。是的，很快就有人在八卦板開專文，指明原 PO 正是設計系的系花孫嘉羽，那麼「心機同學」是誰，也就完全明朗了——所以，我就是那個「一直說要幫她，還會叫她常常去店裡玩，順便介紹她跟店長認識」的心機同學囉？

其實一開始怒氣並不強烈，我還冷靜地阻止楊沛軒在盛怒之下把智妍的手機摔爛，等把手機還給智妍後，被冤枉的委屈感才一點一點緩緩浮現。

「小瑩……對不起，如果昨天我沒跟孫嘉羽說那些就好了。」智妍快哭出來了，「都是我不好，我只是覺得她很討人厭，想氣氣她，沒想到她會捏造那些話……」

「妳跟那個濃妝女說了什麼？」楊沛軒語氣極度不悅。

「……就說，你半夜帶小瑩去吃和菓子的事。」智妍忽然提高音量，看著我，「小瑩，真的很對不起。」

「沒關係。」我很努力地說著。

並不是因為智妍的緣故，而孫嘉羽的壞心在我的怒氣裡所佔的位置也沒有想像中大，真正讓我覺得憤怒又難過的，是那些完全不知道真實狀況就在留言串裡大罵我是賤貨、下流婊子、心機女的網路帳號們。

這些人究竟知道些什麼呢？

他們真心認為這樣一篇文章就能代表一切嗎？

或者，只要在網路上用可憐的口吻說話，就一定是受害者？

還是說，只要有苦主的文章不論真偽，跳出來跟著罵就是了？

我發現自己的掌心有點痛。

因為握拳太用力，指甲戳著掌心。

我很努力地深呼吸，向智妍伸出手，「……跟妳一點關係都沒有啦笨蛋。」

智妍握著我的手，既焦慮又擔憂，「話是我說的，怎麼可能跟我沒關係？我來是想問妳，妳介不介意我在 BBS 上幫妳澄清，也順便幫店長澄清？」智妍頓了頓，「每則推文留言我都看了，愈寫愈不像話，竟然還有人無中生有，暗示店長自恃外表帥氣就到處約砲。」

我不禁看向楊沛軒，而他只是冷冷一笑，眼神充滿殺氣。「想像力真豐富，大概是沒被告過。妳們不用擔心，就這樣放著。」

「不用去澄清一下嗎？畢竟是我惹出來的，我有責任導正視聽。」智妍苦惱地說。

楊沛軒否決了智妍的提議，「就讓這篇文章好好發酵一兩天，讓他們好好暢所欲言，有多難聽就讓他們說得多難聽。」

「為什麼?」我問。

「總是要有足夠的證據，才能把這些不負責任、未經查證就隨意批評、謾罵別人，只敢躲在網路世界鬼叫的傢伙一次告倒。」楊沛軒冷笑著，語調平淡，「不喜歡我、討厭我、抵制我，那是個人喜好，我無所謂;但是，捏造我沒做過的事，損壞我的名譽，傷害我喜歡的人，我不會就這麼放過他們。」

楊沛軒望著我，我也同時注視著他。

聽著他說那些話，我的憤恨突然就消失了大半，剎那間我突然好想抱抱他。

不過當然沒有，我抱的是智妍。

智妍顯然嚇了一跳。「小、小瑩?!」

「妳不要太在意啦。」我鬆開智妍，苦笑著，「我沒事。」

「……說真的，」楊沛軒對智妍說道，「我覺得妳對那個濃妝女放話很正確，她聽完之後，要自動放棄還是要找麻煩，並不是妳能控制的。」

智妍帶著感激的目光點點頭，「不過言多必失，再怎麼說我還是不該逞口舌之快。」

「沒關係的。」我說。

雖然知道以後班上同學看我的目光一定會相當可怕，被排擠也是意料中事，但剛剛楊沛軒的那番話彷彿定心丸似的讓我冷靜不少。

不知為何我相信楊沛軒。

我相信他有能力，可以守護我。

就這麼簡單。

雖然說已經有預期事情可能沒辦法輕易落幕，也告訴自己別上 BBS 去看那些留言就會沒事，但好奇會害死貓也會害死人，在中午時分到倉庫理貨時，我還是忍不住拿出手機上了學校的 BBS。

果然大家速度很快。

——是那個名字兩個字的女生對吧？

——天哪長得又不怎麼樣，貓店長竟然跟她有一腿喔。

——在系上根本就沒人要。

——寂寞太久就到處勾引男人，我以前也碰過，見到男人就趕緊跨上去。

——沒想到心機那麼重，好可怕，做人怎麼可以這麼賤？

——貓咖啡也太不挑了吧，能睡就及格大概。

——原PO太正直，對付那種婊子根本就不用客氣。

——剛剛本來想說潑她硫酸，不過好像不用潑硫酸就已經不漂亮了。

——真的是人不要臉天下無敵，那女的一定讓貓店長免費騎到飽。

「不准看。」楊沛軒突然一把搶走我的手機，直直注視著我。

「……手機還我。」

「下班前我保管。」楊沛軒把手機塞進他的圍裙，「還有，我替妳請假了。」

「請假？」

「學校的假。」

「怎麼能請假?!這樣顯得我作賊心虛——」

楊沛軒忽然間伸手捧住我的臉，「我不會把妳丟去那種地方，因為無中生有的愚蠢謠言被人踐踏。明白嗎？」

「……可是……」我還是得去上課交報告寫作業畫圖啊。

「不會太久的。」楊沛軒像是在叮嚀什麼似地認真看著我，「不可以偷偷上網，知道嗎?否則就把妳帶去沒網路的深山小木屋藏起來。」

「呃。」這威脅竟然有種微妙的度假感。

「嗚嗚嗚哇！」大叫的人是熊本，剛好走進小倉庫的他，正好瞧見了楊沛軒雙手捧住我臉頰說話的樣子。

「有這麼可怕嗎？」楊沛軒換上營業用的嚴肅表情，「熊本，我平常待你不薄吧？」

「先放開我啦。」我完全臉紅了，急忙拂開楊沛軒的手。

一向讓人感覺慢半拍的熊本今天不知是不是吃錯藥，竟然反應超快地說道：「恭喜店長、賀喜店長。」

「嗯，你去忙吧。」你這什麼語氣，聽起來就像清宮劇裡的皇帝叫人「跪安」啊。

「是，我先出去了。」熊本馬上閃退。

楊沛軒目送熊本奔出小倉庫，再度將目光調回我臉上，「──要不要吃甜點？」

「啊？」這麼快就已經換話題了嗎？

「帶妳去吃甜點？」

「幹嘛又想餵食我……」

「不想吃甜點的話，別的也行。」楊沛軒猝不及防地捏了下我的臉頰，「不可以苦瓜臉。」

「這又不是我能控制的。」不然讓我毒打孫嘉羽和那些留言者一頓，應該就不會有苦瓜臉了。

「我一定得看妳高高興興的笑著才行。」楊沛軒用極輕緩的口吻說，「我只想看到妳開心，而且是因為我才開心。」

沒有人對我這麼說過，一時間我不知該如何反應才好。

有點羞澀，有點緊張，有點慌亂，有點徬徨。

楊沛軒理解似地扶住我的肩膀，接著微微使力，把我按入他懷中。

他低下頭，下巴頂著我的髮。

「有我在。」他溫柔而低沉地說著，「有我在。」

有一種令人安心的溫柔氣息，好像什麼都不用怕，只要靜靜沉浸其中就好。雖然理智上只覺得這一切來得太急太快，但似乎沒有必要多想什麼。

楊沛軒的襯衫有衣物柔軟精的味道，雖然隔著衣服但清楚感覺到他曾經幫我貼過OK綳的漂亮手指正撫按著我的肩臂。

第一次被人這樣緊緊圈抱著，有種朦朧不清的幸福感以相當緩慢的速度一點點湧現。

□

才一下班就被熊本、小雪和智妍架住，這三個人什麼時候開始成群結黨了？

「欸你們到底要把我帶去哪裡？曹智妍妳什麼時候開始跟熊本還有小雪那麼熟了？！」

「這妳別管，總之上車就對了。」

智妍和小雪像逮捕犯人似的把我「夾」入計程車後座，熊本也難得動作靈活地跳上前座——

「司機先生，麻煩你，淡水老街。」

「啊？淡水老街？現在是旅遊行程嗎？」我看看智妍又看看小雪。

熊本這時從前座回頭，一臉「執行任務中」的表情，說道：「店長說我們要陪妳玩到午夜十二點。」

「對，我們三個是臨時員工！手機交出來！」智妍抓過我的包包，飛快掏出我的手機，接著以迅雷不及掩耳的速度扔進她的皮包中並快速拉上拉鍊。

「店長說，不會太久，大概到午夜十二點就可以了。」小雪說道，「小瑩啊，發生什麼事我跟熊本隱約知道一點，不過看樣子店長會有所行動，妳就不要太擔心了。」

「你們竟然聯手綁架我、連手機都搶走，這比較令人擔心吧……」我苦笑著。

小雪盯著我，大眼睛超亮，「妳別想逃走喔！」

「好啦我認命了。」

其實，傷心和難過還是有的，但楊沛軒的擁抱不知為何讓我鎮定許多，大概是我真的太好騙，他說交給他，我就真的懶得多想（其實是逃避），放手讓他處理。

看看智妍、熊本和小雪，忽然心裡也覺得踏實很多。

我還有朋友，不是嗎？

不知道是不是自己本來神經就夠粗，我決定不要白白浪費貴不拉嘰的計程車費和大家的時間，既然楊沛軒這樣安排，大家為了我專程聚在一起，我不應該再記掛著那些根本連我是誰都不知道就隨意謾罵的瘋子們。

至於孫嘉羽——

一個深受男生喜愛的系花搞成這樣，非要這樣中傷別人才開心，我已經無話可說了。她的行為就像傳說中的政論節目一樣，把對手妖魔化得愈徹底，就愈能掩飾自己的失敗。

然而不管掩飾得多好，失敗終究是失敗。

楊沛軒伸出雙臂擁抱的人，終究不是她。

今天晚上天氣相當好。

有風，有涼意，因為是平日，老街上遊客並不算非常多。

一路上我們邊走邊吃，買了糖草莓而不是糖葫蘆之類各式各樣的零食，好像真的什麼都沒發生似的，就是一般大學生平凡出遊。當然中間熊本和小雪還是偶爾會放閃自拍一下，再度用閃光照亮大地和十字路口這樣。

「……所以，妳跟楊沛軒在一起了吧？」在海邊的咖啡座，趁著熊本和小雪去點餐時，智妍用手指敲著下巴，說道，「他今天來找我的時候，一臉王子要披荊斬棘拯救公主的表情耶。」

「……他根本都還沒有正式告白好嗎。」

「一定要先告白才能在一起嗎？」智妍忽然笑了，「不是都『忘情相擁、盡訴心中情』了嗎？」

「喔唷可惡的熊本！」竟然被偷偷爆料了。「曹智妍妳竟然會說出這麼老派的台詞，真是人不可貌相。」

「不要扯開話題——所以，我們王子殿下，真的跟妳——」

呃為什麼覺得臉很燙呢，莫非是發燒嗎？「大、大致上啦……」

「什麼大致上？」小雪端著四杯咖啡回來座位，「我是不是錯過了什麼情報？」

「沒有啦。」我忙著打哈哈，「熊本呢？怎麼讓妳一個人拿飲料？」

「就店長打電話給他，」小雪比了比店門，「在外面講電話。」

「是說，今天店裡人手一定不夠吧？只剩友嵐副店一個人……」忽然發覺今天店裡一定忙不過來。

「那有什麼關係，友嵐副店可以叫他學妹來幫忙啊。」

「學妹？」

「嗯，友嵐副店有個曖昧了好幾年的學妹，之前小瑩還沒來應徵時，如果真的沒人，就會拜託那個女生來。」小雪一邊說著，一邊把咖啡分給大家，說：「到底有沒有在一起過我不清楚，但是每隔一陣子就會鬧一鬧吧……」

嗯、怎麼一點感覺都沒有？

我不是對友嵐副店有些小心動嗎？

但聽到這些卻完全不以為意。

「又沒在一起有什麼好鬧的？」智妍問。

小雪搖頭，「反正那個學妹就一直覺得，友嵐副店應該要給她名分。」

「該不會已經生了幾個小孩所以需要名分吧？」這次換我問了，突然想起友嵐副店上次載我時車裡的兩頂安全帽。

「沒有啦，好像是說已經把青春都花在友嵐副店身上，錯過了放手的時間點，時光就這麼飛逝，要友嵐副店給她個交代。」

「為什麼我覺得完全就是那女生的問題……」智妍不置可否，「不過畢竟不是當事人，也不知道那兩個人到底在糾結什麼。」

「也是。」我和小雪不約而同點點頭。

這時熊本帶著一臉愉快的表情走向我們，「剛剛店長打來，」熊本一面說一面坐下，「店長說我們放心玩，他已經著手處理了。」

「處理什麼？怎麼處理？」我問。

「我們店裡有法律顧問啊，而且還是很好用很強大的法律顧問。大概在一兩年前，有其他店眼紅我們生意太好，所以在網路上散播我們虐待貓咪的謠言，那時我們全能的法律顧問只出了一封存證信函對方就嚇得跑來道歉了。」

智妍問道：「所以要對那些人提告嗎？」

「這我不清楚，但店長很少這麼怒，他一旦做了決定，就會執行到底。」

「上次虐貓謠言，最後有上法院嗎？」我問。

「有啊，店長說他不接受什麼道歉，那些人有種造謠，就要有種面對法律。」

「太帥了根本！」小雪叫道。

熊本點點頭，「大家都會想息事寧人，或者看對方哀求道歉就算了，但我們店長沒那麼容易和解。」

「崔瑩妳賺到了！」智妍突然用力拍我一下，「這種男人超可靠的，有肩膀、不怕事！」

「是、是這樣嗎……」但我想到的卻是如果以後若我不小心惹他生氣，該不會也要受到同樣的待遇。

「對了，所以小瑩跟店長現在——」小雪瞬間換上愉快灑花朵神情，「我們失戀五年半的店長終於被小瑩攻下了嗎？！」

「應該說，孤僻了五年的失戀店長終於完全喪失判斷力了。」我說。不然我真不明白他到底在想什麼。

「天哪天哪——」

小雪接著開始跟智妍熱情討論起「一點都不單純的案情」，做出了讓我見識到人類想像力有多豐富的各種假設。

唉。

不過，楊沛軒確實好像可以相信的樣子。

我應該，可以相信他吧？

□

日誌

◎月◎日　週四

聯絡了兩家法律事務所和老爸公司裡的法務部門，

該準備的也已經準備好。

我一向不明白為什麼會有人覺得只要躲在網路上就可以隨便罵人，

何況還是自己完全不認識的陌生人。

不過無所謂，除非是無行為能力者，否則就是得要為自己的言行負責，

是男是女是老是小，都一樣。

熊本傳來報告說他們在淡水玩，希望大福遠離是非之地能開心一點。

□

「什麼?今天住淡水？」

「嗯啊，我們都陪妳。」小雪一面嗑著蚵嗲一面說道，「店長傳 LINE 給我們熊熊，他說都訂好了，我們女生一間房，熊熊自己一間。」

智妍倒不驚訝，「好啊，那等下去買換洗衣服。不過，小雪半夜不會偷偷跑去找熊本吧？」

「才不會！」小雪瞬間臉紅。

「那人幹嘛規定我們沒事住淡水啊？而且曹智妍，妳有沒有幫我看手機？我怕我家人找我。」

「剛剛看過了，妳家人沒找妳。」智妍拍了拍包包。

「那，同學呢？」我們系上助教也有設一個群組，專放調課停課放假之類的公告。

「什麼都沒貼，非常安靜。」智妍扳過我的肩，「休想上網！」

「對、對！」小雪也接著說，「幹嘛要看哪些完全是無中生有的垃圾，全都是酸葡萄，就沒一個正常人有膽站出來問一句『你們查證過嗎』！」

「好好好，不上網，不上網。」我看看錶，「也九點多了，那不然就先去住的地方好了。」

「沒問題，熊熊已經去叫車了！」小雪比個OK的手勢。

晚上十一點多，我們三個女生輪流洗完澡，在這間看得到海的民宿露台排排站著，吹著秋夜涼風，一面天南地北的閒聊。

「……世事真的很難料。」智妍沒來由地說道。

「嗯？有什麼難料？」

「表特板人氣王子殿下就這樣被小瑩攻下了，親衛隊真的會淚奔吧。」我馬上瞪了智妍一眼，她毫不在意，繼續說道：「本來對友嵐副店有點小心動的小瑩一夕之間就換對象了，這點也一樣很不可思議。」

「什麼？！小瑩本來喜歡友嵐副店嗎？」

「真的假的？！」沒想到竟從隔壁陽台傳來熊本的聲音，他拚了命地探頭過來，「難、難道是我們店長橫刀奪愛嗎？原來中間還有這一段。」

「拜託女生講話熊本你不要偷聽啦。」

「沒辦法本來想曬個月亮但這對話內容實在太刺激了。」

小雪轉頭看我，「所以，小瑩本來喜歡的是副店喔？」

「沒有啦，根本談不上什麼喜歡，只是覺得他不錯……」索性把話說開，「妳們又不是沒看到楊沛軒平常怎麼對我，相較之下，我當然會覺得友嵐副店人很好啊。」

小雪忽然一臉嚴肅，伸手扶住我的肩，「妳太遲鈍了，是人都看得出來店長對妳特別好。」

「哪有！」小雪妳是收了他多少錢？！

「真的，他每次逗妳生氣之後都會偷笑，雖然常常叫妳搬東西但妳大概不知道，其實他都先偷偷搬好很多了。」

「原來如此！」智妍拍了下手，「謎題終於解開了！」

「喂喂！」熊本這時又從隔壁陽台探頭，「小瑩！」

「怎麼了？」

「店長來了，在樓下。」

換上新買打算明天才穿的上衣和牛仔褲我被小雪和智妍丟出房間。獨自走到一樓客廳，在穿過梯間時，我什麼也沒想。

而我訝異於自己的什麼也沒想。

我就只是，想要到達某人身邊而已。

原本站在落地窗邊欣賞風景的楊沛軒聽到我的腳步，回頭笑了。

這是第一次，覺得他的笑不只好看，而且還令人喜歡。

我很想奔上前，但少女的矜持（？）在此時非常強烈，於是只是踩著緩慢的步伐踱過去。

「……幹嘛花錢住民宿？」其實我想說的是謝謝，你對我真好。

「這個時候說謝謝才對吧？」

「不要用問題回答問題啦。」

「還有力氣吵架，比我想像中好。」楊沛軒拉開落地窗，「出來透透氣。」

我跟著他走到了木質露台，帶有海水味的夜風迎面而來。

「熊本說，你採取行動了？」靠在欄杆上我看著遠方黑色的海，岸邊零星幾盞燈火，相當美。

「嗯。」楊沛軒看著遠方，「覺得我很奇怪嗎？」

「不覺得。但我很好奇，如果那些人跟你道歉說要和解，你會怎麼辦？」

「道不道歉、和不和解都是法院見。」

「也許他們會說，自己還是學生不懂事。」

「妳什麼時候學會看紅綠燈過馬路的？」

「哪記得啊，小時候吧。問這幹嘛？」

「我也是小時候就被教導守規矩、不要做壞事，不要傷害別人，這些全是身為人的基本道理，難道那些人不是這樣長大的嗎？」楊沛軒難得地語重心長。

「那，如果他們真心知錯了呢？」

「傷害已經造成，並不是知錯就不必付出代價。」楊沛軒轉頭看著我，「覺得我很恐怖嗎？」

我搖搖頭，「嗯……應該說你不是主流路線。」

「或許吧，我喜歡的人也不是主流型的美女啊。」

「欸！」我呆了一下才意識到，「你這是什麼意思啊？！」

楊沛軒竟開懷大笑，然後伸手捏了我的臉。

「幹嘛又捏！上次也說捏就捏……」我拂開他的手。

「不可以嗎？」

「當然不可以。」

「那要怎樣才可以說捏就捏？」不知不覺他拉住我的手，小指勾小指。

可惡我臉一定紅到不行，但卻沒想甩開他。「……不知道啦。」

「好可愛。」

「唔？」

「臉紅的大福，很可愛。」楊沛軒另一手輕觸我的臉，「我想起來是什麼時候突然覺得妳很可愛了。」

「……什麼時候？」

「面試那天，妳欲言又止，搬完東西生悶氣的時候，臉氣得鼓鼓的，好可愛。」

「你根本是喜歡青蛙吧。」唉雖然被說可愛但聽起來其實一點都不可愛啊。

「那個時候我突然在想，如果可以捏妳的臉就好了。」

你真的很不會說甜言蜜語耶，「如果我跟你是在漫畫裡的話，我應該會淚奔然後打上台詞『那你去跟肉包子交往就好啦』這樣。」

「——要打我嗎？」

「打你？」

「或者是踢我、捏我之類的？」

「現在嗎？」

「嗯，現在。」

「我幹嘛沒事要踢你、捏你、打你？」

楊沛軒很認真地望著我，「是妳說不用的喔。」

對啊，沒頭沒尾問我要不要踢你打你捏你，你是有被虐——傾向嗎？

……很好，完全知道這人為什麼會這麼問了。

因為他以迅雷不及掩耳的速度在一秒內完成了抓住我的肩膀然後低頭瞄準吻上我這一連串動作。

柔潤的感覺，呼吸的熱氣，瘋狂的心跳，無法言喻的緊張……並不是像蜻蜓點水那樣的吻，而是相當性感，充滿官能感的吻。

……是不是應該有所矜持把他推開才對？

可、可是……快融化了，根本沒有力氣進行什麼少女風小抵抗……

「可惡！」等楊沛軒終於「鬆口」時我終於清醒過來，像是被炸彈炸到似的忽然大叫，「這可是我的初吻耶！」

應該穿著可愛小洋裝然後在漂亮的櫻花樹下或者是有著藍天白雲的海灘或者超

華麗聖誕樹下發生才對呀！為什麼是在穿著超醜T恤和便宜牛仔褲然後在烏漆抹黑的海邊民宿露台（而且還有蚊子）發生呢？！

楊沛軒這次沒笑，而是以相當溫柔的眼光注視我，「謝謝妳。」

謝謝我？謝謝我忘了反抗讓你得逞嗎？！

「謝我什麼啦？」

心情好複雜，並不是討厭楊沛軒吻我，而是總覺得自己的反應太奇怪，果然還是應該進行少女風小抵抗才對。

「讓我的心活過來。」他再度牽起我的手，「曾經我的心死過，沒有感覺，不管是什麼情緒都感受不到，對什麼事都沒有反應；但自從妳出現之後，陽光、藍天、一切的一切都變得有意義了。我又能感受到各式各樣的情緒，知道自己還活著，而且，想要為妳活著。」

「……是嗎。」我低下頭，想起友嵐副店說過的事，那個叫什麼彬的女孩子。

「妳知道嗎，」楊沛軒讓我抬頭看著他，「妳讓我重新知道什麼是幸福──妳就是我的幸福。」

那麼你，會是我的幸福嗎？

「快快快！」一進房就被智妍抓住。「從實招來！在樓下待了快兩個小時，都跟我們王子殿下做了些什麼？」

「啊！難怪店長說要包棟，莫非你們在其他房間相親相愛了——」小雪大眼睛如此明亮無辜，但說出來的話卻完全十八禁。

「想哪兒去了！什麼都沒有啦！」不過就接了幾次吻（羞），牽了牽手之類的輔導級。

「小瑩，論戀愛資歷，我們倆都是前輩，妳騙不了我跟小雪的！」

「真的沒有嘛。」

「可是，妳嘴唇很紅耶。」

「哪有！」馬上摀住！

「哈哈哈哈哈，心虛了根本！」智妍竟然跟小雪互相擊掌。

「妳們兩個……」交友不慎，真的是交友不慎啊！

打鬧了一陣子之後，智妍突然拿起礦泉水，豪邁地灌了一大口之後問：

「欸小瑩，妳也喜歡我們王子殿下了吧？」

「都已經啾啾了那當然吧……」小雪想都沒想就說道，「哪有女生會跟不喜歡的男生接吻！」

「我好像，從來都沒說過我跟某人已經啾什麼的耶，妳們倆腦補的速度也太快了吧？」

「何必掙扎呢，我們懂的，又不會笑妳。」智妍才剛說完，自己就開始笑到打滾。

「曹智妍妳到底在high什麼……」

「哈哈哈哈哈……哎唷……就自己講一講自己想笑……對不起、對不起……」智妍笑到都噴淚了，她深呼吸了一下，說道：「我會問妳是不是喜歡楊沛軒，是因為好像一直以來，妳都沒想過妳跟他之間的可能性。」

「廢話，傲嬌無良兇狠帥氣大冰山跟我之間，本來就沒什麼可能性。」嗚嗚嗚好傷感。

「那現在呢？」

「現在還什麼可能性，都已經『入手』了耶。」小雪插嘴道。

入、入手……楊沛軒是網拍公仔還是名牌包嗎？

「反正，妳只要確定自己喜歡楊沛軒就可以了。」智妍大概覺得我太沒慧根，直接跳到結論，「只要知道非他不可，就行了。」

我知道智妍的意思。

其實我也想過，我是喜歡被某個人喜歡呢，還是喜歡被他喜歡。

之前總有一些不確定，但現在的我很清楚，我喜歡，被楊沛軒喜歡。

楊沛軒不能換成任何人，就算出現的是東尼．史塔克，也一樣。

曾經我總是害怕伸出手觸碰不到愛，但也因此連距離愛情還有多遠都無法測知。

這一次，即使害怕這樣的美好可能有天會消逝，我也想奮不顧身好好把握住。

「我想，」我終於回答智妍的問題，「我喜歡，楊沛軒。」

□

楊沛軒幫我請了幾天假，然後接著又是國慶假期，所以算起來我大概是在「案發」後一個多星期才到學校去。

在這段時間，他竟然替我辦了預付卡，給了我一支新手機，說是在事情處理好之前，不要再用舊門號。他沒說但我明白，他不想讓孫嘉羽打給我，也不想讓其他同學來煩我。

雖然很謝謝楊沛軒的貼心，但班級通訊錄上是有 email 的。孫嘉羽發了 mail，要求跟我見一面。

走進智妍的地盤「波黑街」，就可以看到整面的小說書牆。仔細一看書牆裡有很多我想看但還沒買的推理小說，只是今天的我沒空細細品味，而且懷著沉重的心情來跟「被我這個心機女傷害的可憐同學」見面。

孫嘉羽坐在角落靠窗的位置，在不明亮的店裡還戴上了太陽眼鏡。無論何時何地都無懈可擊的她，今天的打扮依舊明豔動人。

我默默在她面前坐下，直到咖啡送來後，她才用一種充滿舞台劇效果的方式開口：「妳，真的要這樣嗎？」

「我要怎樣？」

「是妳讓楊沛軒告我們的吧？」她的口氣相當不滿，「同班同學在法院見，很好玩嗎？」

「是楊沛軒提告，不是我提告；所以，要在法院相見的人是楊沛軒和你們，不是我。」我竟然有某一瞬間抱著她會道歉的想法，真的是愚蠢到家。

「他告跟妳告不都一樣？」孫嘉羽扯開嘴角冷笑，「為什麼要這樣？和解不行嗎？讓留言的人道歉就可以了吧，大家都認錯了，妳怎麼可以這樣做？！」

「做錯事就要受罰，不管道不道歉都一樣。道歉是因為妳覺得妳做錯了，而不是拿來當免於受罰的交換。」

「妳很惡毒。」

「妳把人推下懸崖之後流兩滴眼淚說都是我不好，就不算犯罪了嗎？」好吧我真的被楊沛軒影響了。「按照妳的邏輯，我讓妳留個案底之後再流著眼淚說對不起不也可以嗎？」

孫嘉羽抓著杯子的手有點抖，「楊沛軒告的人裡，除了我還有三個是我們系上的，妳以後在系上不會有好日子過。沒有人會理妳、沒有人會跟妳同組、沒有人會把妳當作同學，大家都會知道，妳不願意放過自己的同學。」

「那妳又是怎麼對我的呢？如果妳沒有發那篇文章，我能有機會這麼做嗎？」

「我不是故意的！」孫嘉羽咬牙，「我只是、只是不能接受楊沛軒喜歡妳！我真的沒辦法——妳知道嗎，大學三年來，是，追我的人不計其數，可是從我大一迎新在 CappuLungo 見到楊沛軒開始，我就只喜歡他一個人了——」

我沒說話，有些訝異。

沒想到孫嘉羽竟然喜歡楊沛軒這麼久了。

「我也試著和別人在一起過，可我就是忘不了他……妳要我怎麼辦？」

「這不代表妳就可以上網中傷我。妳寫的那些我從來就沒做過，那是誣陷。」

孫嘉羽恨恨地說：「妳說過妳不喜歡他，我才相信妳。」

「妳知道嗎，在這件事之前，我確實不喜歡他。」我拚命忍住接下來的話——是妳的行為讓我毫不猶豫地走向楊沛軒，也讓楊沛軒緊緊抓住了我的心。

「什麼意思？」她的聲音開始像手一樣抖。

我把話吞回去，不想再多留一秒。「……妳一定要跟我見面，就是為了說這些嗎？」

孫嘉羽沉默了。

我把她和她的沉默留在原地，付了自己的咖啡錢離開。

走出「波黑街」時天空很暗，果不其然沒多久雨點就開始灑落。雖然包包裡有傘但不想撐。

淋點雨好像很適合現在的心情。

雖然鞋子會濕掉。

沿著日式建築的圍牆走著，秋天的雨比想像中冰冷，我低著頭看向逐漸變得潮濕的柏油路面，計算著自己的步伐。

來之前楊沛軒跟我說過，雖然他採取了法律行動，但案件是否成立還是未知數，那時的我有點希望大事化小，我相信大家都會記取教訓。可是一見到孫嘉羽，我就知道自己想得太容易——這世上太多人道歉是為了躲避受罰，而不是真心後悔。

另一方面，孫嘉羽這三年來都喜歡著楊沛軒的事實，更讓我感到難受。難受並不是因為她是情敵或者擔心楊沛軒被搶走，而是稍微明白了，在愛情裡的人都會失去判斷力，一不小心就傷害自己，或者傷害別人。現在的我，也在愛情裡，那麼是不是有一天，我也會做出傷害自己或別人的事？

如果我傷害了楊沛軒，怎麼辦？
如果楊沛軒傷害了我，怎麼辦？
各式各樣的念頭在心裡七上八下地竄動，我訝異於自己擔心的事，也訝異自己竟然不在意被同學排擠——即使我是受害者，但大家卻認為我才是壞人嗎？
忽然間我好想楊沛軒。
我想要楊沛軒再緊緊圈住我，對我說，有他在。

全身濕透的我一走進店裡，友嵐副店就叫了出來，「小瑩？！妳沒事吧？」
「沒事。」
「楊沛軒在嗎？」
「他在後面，妳快進去。」
友嵐副店的關心之情溢於言表，我無力地點點頭，扯動嘴角但真的笑不出來。
走進員工休息室，本來在書桌前記帳還是寫進貨單的楊沛軒看著我的慘況露出呆掉的表情。
下一秒他大怒，「笨蛋！為什麼淋雨？！」

「……沒有為什麼。」我小小聲的說。

「會感冒的知不知道?!毛巾、大毛巾呢?我記得這裡的櫃子裡有大條的乾淨毛巾!妳還好吧?我找毛巾給妳!」他從書桌前跳起，胡亂翻找櫃子。

「欸。」

「在找毛巾別吵。」

好吧，那我不吵。

我走向前，伸手從背後抱住楊沛軒。

「……」抱歉把你燙得那麼平整那麼好看的白襯衫弄濕了，但我真的很想抱抱你。

楊沛軒停下了動作，就這樣讓我抱著。

不知過了多久，我聽到他發出微微的嘆息，於是鬆開了手。

「對不起，你的襯衫後面被我弄濕了吧……」

「……但前面還沒有。」

楊沛軒轉身，就像我喜歡的那樣緊緊抱住我，一點都不在意我身上很可能沾滿酸雨。

「欸楊沛軒。」

「嗯？」

「……沒事。」

「欸崔瑩。」

「嗯？」

「我喜歡妳，很喜歡很喜歡喔。」

嗯我知道。

我閉上眼。

謝謝你喜歡我。

□

「你們系上最近怎麼樣？」

楊沛軒快速地擦著玻璃杯，不知道是不是我的錯覺，總覺得他今天速度特別快。

「就那樣啊。」

「有人對妳不好嗎？」

我搖搖頭，「大家都淡淡的。」

「分組有被排擠嗎？」

「沒有耶。討厭孫嘉羽的女生們會來找我同組。」

不得不承認這真的是很詭異的社交法則。

其實後來什麼提告的，有點不了了之，或者該說，我並沒有留意後續發展。

孫嘉羽求她爸爸找了律師，還說她的帳號被盜用，那篇文章根本不是她發的，而其他盡情在文章下方留言謾罵的網友被請到警局後個個都嚇傻了，全都異口同聲淚流滿臉地求饒。其中還包括在學校 BBS 上的板主什麼的。

楊沛軒後來問我怎麼想，老實說看到這群人，他們到底道不道歉還是要不要上法院我都覺得無所謂了，罵人時的德性跟求饒時的德性一樣難看啊。

我讓楊沛軒隨意處理，後來怎樣我再也沒問。

而孫嘉羽則是休學了，聽說她的有錢老爸會安排她出國留學。

我想著想著不由得嘆了口氣。

「怎麼了？」楊沛軒停下手邊的動作，關心地看著我，「不開心？」

「是沒有啦。」但也說不上很開心。「只是覺得人好可怕。」

楊沛軒輕笑，忽然蹲下身，等他站直身體時手上多了個點心紙盒。「給妳。」

這人真的很愛餵食我，「你知不知道，我跟你交往到現在胖了快四公斤？」

「難怪最近愈來愈好抱、愈來愈好捏了。」

「可惡！」說歸說，怨恨歸怨恨，我還是動手拆開紙盒，「喔！是焦糖布丁！」

「知道妳討厭莓果類的，特別請他們不要放小藍莓點綴。我很貼心吧？」

真是做夢也沒想到，萬惡無良的地獄統治者有朝一日會在我面前用這麼可愛這麼萌的表情說著我很貼心吧這種話。人生果然處處有驚喜時時有意外啊。

「嗯，還算貼心。」

「只是『還算』而已？」

「只有點心，沒有飲料，美中不足啊。」我撒嬌道。

「知道了知道了。」楊沛軒早有準備，「紅茶。」

「不是咖啡嗎？」

「焦糖布丁就是要配紅茶。」

「真是堅持。」

吃完布丁後楊沛軒動作依舊飛快地清理了點心紙盒和紅茶杯，我幫三隻阿貓們清理完貓砂後洗了手，走到櫃檯前。

「——今年聖誕節我們店裡有什麼活動啊？」趴在櫃檯我問楊沛軒。

「沒有活動。」突然變回省話一哥了。

「可是友嵐副店說往年都有啊，還會裝飾大～聖誕樹哩。」

我已經想好要找智妍和小雪一起交換禮物了！

從以前開始就很嚮往在大聖誕樹下堆滿各式各樣禮物的美好氣氛，所以一定要有聖誕樹才行！

「今年也會裝飾，但平安夜那天休店。」

「為什麼？！」

我超想要跟大聖誕樹過節的！

還想站在梯子上親手在樹頂放閃亮亮金色星星！

「因為今年平安夜有事。」不得不稱讚楊沛軒動作又快又標準，一下就擦完所有玻璃杯。「好了，今天到此為止，關店吧。」

「雖然現在沒客人，但才八點耶，也太早休息了吧。」

「今天有事要辦。我前兩天就在官方臉書上宣布了，妳沒看嗎？」

「沒有耶。我很忙啦。」

人家我可是忙著家裡學校兩頭跑，幫姊姊準備訂婚的事，姊姊讓我幫她設計訂婚的小禮服，這可是不得了的大事啊。

「再晚就來不及了，邊走邊說吧。」楊沛軒好像有什麼重要的急事要做，「妳負責幫艾力克斯牠們準備水、罐罐，今天滿冷的，要記得開暖氣。」

「知道啦，我跟熊本、友嵐副店冷得要死都不讓我們開暖氣，竟然只讓貓享受。」

「有我替妳保溫，要暖氣幹嘛？」

「你最近愈來愈油腔滑調了。」

他淺笑著看我一眼，「我調戲自己的女朋友，誰敢有意見？」

「哼。」

走出店外真的馬上感到陣陣寒風撲面而來，我拉起圍巾，楊沛軒卻一個箭步擋在我面前。

「嗯？不是要走嗎？」

「是要走啊。」
「那你在幹嘛？」
「替妳擋風。」
嘻。「真乖。」
「就好好走在我後面。」他朝後伸出手。
突然覺得這人真是傻得可愛，「……你還沒說今天要做的事是什麼呢。」
「要去買衣服，我的新西裝和妳的洋裝。」楊沛軒的聲音被呼呼的風聲擊散，
「還沒問過妳就已經先計劃了，不好意思。」
「西裝跟洋裝？計劃？」
「平安夜是我二哥婚禮，我跟大家說了，會帶妳去。」
「什麼？！」
GQ模特兒二哥要結婚了！
哇新娘一定是沉魚落雁、國色天香的美女——
等一下，
這不是重點，重點是，我已經要去見楊家上下了嗎？

「不要有壓力。」

「並不是你說不要有壓力就不會有的好嗎……」不過我忽生一念，「那那那，傳說中的 Austin Yang 也會出席囉？！」

楊沛軒忽然回頭，「妳想幹嘛？」

「要簽名啊。」

「不可以。」

「為什麼不可以？」呃，問了才想起什麼彬小姐的事，好後悔。

「因為他字很醜。」沒想到楊沛軒竟然這麼回答。

「欸楊沛軒……」

「怎麼了？」

「其實，友嵐副店有跟我講過你的事……」我小聲說。

「什麼事？」楊沛軒問完後沒等我回答，就反應過來，喔了一聲，「前女友的事？」

「嗯、那個什麼彬小姐。」

走到休旅車前，他停下腳步，「很在意嗎？」

「說不在意是騙人的……而且，她的新對象，不就是 Austin Yang 嗎？」

楊沛軒微笑著，伸手捏了下我的臉，「很久沒有她的消息了，至於Austin Yang——也就是我大哥——並沒有跟吳慧彬在一起。」

「真的嗎？！對不起我知道我很八卦，但，他們是在一起後又分手，還是從來沒有在一起？」

「從來沒有。」他的笑容沒有改變，彷彿只是談論兩個老朋友的消息，「詳細情況我不清楚，總之吳慧彬這個名字，已經距離我很遙遠很遙遠，就像是冥王星之類的存在。」

「冥王星……聽起來還是很美好。」人家可是天上星星啊！怒！

「那妳知道，妳是怎樣的存存嗎？」

「不知道。」哼八成會回答：**妳就是大福般的存在啊！**之類的蠢話。

「妳是楊沛軒星球上的居民喔。」

「噗，那是什麼？」

楊沛軒走過休旅車，來到我身邊，漂亮的眼睛望著我，「**我的世界很小很小，只容得下妳一個人。妳就是這樣的存在。**」

The End

後記

本X．i（謎之自稱）每天早上都會喝咖啡。

但其實對咖啡沒有什麼鑑別力，只要跟朋友去那種寫著莊園豆還是什麼深烘焙的專業咖啡店就會很冏，因為完全喝不出來其中的差別和奧妙。後來，每次去那種可以選豆子、店員先生小姐會來桌邊服務的咖啡店時，本X．i一律都改點巧克力了（掩面）。

《王子不戀愛》是《初戀，Never End》交稿後，跟朋友一起去有阿貓坐檯的咖啡店玩耍而突然想到的故事。帥氣店長加上可愛店貓，這種組合就算咖啡再難喝也一樣會有客人吧（大誤）。於是，回家之後開始動筆。一開始動作很慢，寫到兩萬字時，出版社突然來敲截稿日，結果雖然小小的振作一下，但還是拖過了截稿日至少十天才交。幸而偉大萬能的責編大人（版權頁上有名字）因為順產了可愛的寶寶而大發慈悲網開一面沒責怪本X．i，真是可喜可賀。

至於《王子不戀愛》，本X．i想說的是——愛貓的男人不會變壞（毆飛）！

才不是啦！

這部作品，本X-i想送給一直等待愛情，但卻遲遲還沒看見愛情蹤跡的朋友們，不管是像失戀長達五年多的地獄楊沛軒，還是像二十年來從沒交過男朋友的崔瑩；本X-i相信所有人都會獲得幸福，有時會晚一點，有時會慢一點，但幸福終究會來。

謝謝你／妳不但看完這個故事，還耐心讀完後記，希望下次能再跟大家見面！

袁晞

bout Love ／ 24

不戀愛

圖書館出版品預行編目資料
不戀愛 ／ 袁晞 著.
版.— 臺北市 ： 春天出版國際, 2015.11
公分.—（All about Love ；24）
978-986-5706-98-2（平裝）

104021715

78-986-5706-98-2
n Taiwan

作　者　袁晞
總編輯　莊宜勳
企劃主編　鍾靈
責任編輯　黃郁潔
封面設計　三石設計

出版者　春天出版國際文化有限公司
地　址　台北市信義區信義路四段458號3樓
電　話　02-7718-0898
傳　真　02-7718-2388
E－mail　frank.spring@msa.hinet.net
網　址　http://www.bookspring.com.tw
部落格　http://blog.pixnet.net/bookspring
郵政帳號　19705538
戶　名　春天出版國際文化有限公司
法律顧問　蕭顯忠律師事務所
出版日期　二〇一五年十一月初版
　　　　　二〇一六年九月初版十刷
定　價　170元

總經銷　楨德圖書事業有限公司
地　址　新北市新店區寶興路45巷6弄6號5樓
電　話　02-8919-3186
傳　真　02-8914-5524